地球《ガイア》のささやき

龍村 仁

目次

地球交響曲《ガイアシンフォニー》のエチュード

灼熱の地平線で

かつてアフガニスタンの砂漠を旅した時のことである。私はそれまでの人生でまったく体験したこともない、ある種の異次元の〝恐怖〟を体験した。音が翔《い》ってしまうのだ。

気温五十度。見渡すかぎり太陽をさえぎるものがいっさいない真っ平らな砂漠の一本道を、時速百キロのスピードで疾走している時のことだった。突然、後輪のタイヤが熱さのためにパンクした。激しい擦過音《さっかおん》とともに車は急停止した。砂漠地帯で熱さのため車輪がパンクすることはよくあることである。だから、そのことに驚いたわけではない。予備のタイヤも二本持っていた。私は後輪の破損の程度をみるため、運転手にエンジンを切るよう命じ、車を降りた。

その時である。私は全身に今まで体験したことのない異様な感覚が走るのを感じた。砂漠に降り立った瞬間、私のからだが一瞬に消えてしまったような感覚だった。私のからだがそこにないのだ。恐怖が走った。私は大声で運転手を呼んだ。そして、その自分の声にまた驚いた。その声は今まで聞いたことのない人の声だったのだ。

降りてきた運転手が手慣れた様子でタイヤの取り換えを始めた。ジャッキの音、タイヤのきしむ音、運転手のつぶやき。耳慣れているはずのすべての音が異様だった。発せられた一つひとつの音が、瞬時にその場から翔《と》び去り、その音とのすき間に、私の体を一気に無限の彼方へ吸い込んでいきそうな真空の静寂が生まれる。私はさっき感じた〝恐怖〟の意味をようやく理解した。砂漠では音が翔《い》ってしまうのだ。

ふだん私たちはさまざまな音の反響《エコー》につつまれて生きている。音源から発せられた音を直接耳で聞いているだけでなく、反響し、干渉し、屈折し、渦巻いている音の大気を全身の皮膚で、細胞の一つひとつで聴いている。その無意識の体感が「私がここに在る」という意識、すなわち〝私〟意識をつくっている。

だとすれば、音が無限に反響する温暖な地域に住む私たち日本人の〝私〟意識と、音が翔ってしまう砂漠に住む人々の〝私〟意識は決定的に違っているのかもしれない。

それが一神教と多神教の違いを生んだのだ。音は神の誕生にかかわっている。

極北の天空に

「龍村さん、すごいオーロラが出てますよ」

星野道夫夫人《(注)》の直子さんの声に起こされてベランダに出た。うすい緑色に輝くその光の波は、はるか宇宙の闇《やみ》の底から、今まさに全天空をわたって、我々の頭上に降り注ぎ始めていた。オーロラは宇宙が奏でる天空の音楽。

音楽とは、聴覚という限られた器官の専属物ではないことをオーロラは教えてくれる。地上百キロの宇宙空間で繰り広げられる光の乱舞。渦巻き、波打ち、時に静かに止まっていたかと思うと、一気に光の滝になって迸《ほとばし》る。うすい緑色の光の中に、時折、ピンクや赤が発光し、思わぬ方向に向かってオーロラを染めかえ始めたかと思うと、なんの前触れもなくあっという間に宇宙の闇の中に消えていく。無限に変化するこの光の動き、色、形を「音楽」と呼ばなくて、ほかになんと名付けることができるだろうか。

宇宙の真理であるカオス、そのカオスの底に流れる見えない調和の旋律、その調和の旋律を一瞬、宇宙の闇の舞台に光の舞いとして奏でてくれるオーロラ。

これが〝美〟の本質なのだろう。〝美〟に定まった形はない。定まった色も動きもない。〝美〟はただその一瞬にそこに生まれ、そこで消えてゆく見えないカオスの中の調和の旋律なのだ。

〝美〟を聴くのは耳ではない。眼でもない。皮膚でもない。そのすべてを含んで、今ここに立っている〝いのち〟そのものなのだ。いのちこそ、宇宙の闇に浮かぶこの青い惑星・地球《ガイア》の上に一瞬立ち現われたカオスの中の調和の旋律。だからこそ私たちには〝美〟がわかる。オーロラの奏でる音楽が聴ける。私たちそのものがオーロラなのだから。

星野道夫が逝《い》って一年半が過ぎた。

オーロラが消えた夜空に北斗七星が輝いている。その北斗七星の中を、ふたつの人工衛星がゆっくりとすれ違ってゆくのが見えた。

風の道で

標高四千二百メートルのロタン峠は霧に包まれていた。私たちは数時間前にここを通過されたであろうダライ・ラマ法王の影を追っていた。ロタンとは屍《しかばね》という意味。過酷なこの峠を越えられなかった多くの旅人たちがここで死を迎え、鳥葬にふされた場所である。ここは生と死の境界に架けられた見えない橋でもある。車二台がようやくすれ違うことのできるぐらいの狭い峠道の頂上に車を停めた。

吹き抜ける風がヒョウヒョウと耳元で唸《うな》り声をあげている。雲とも見まがう厚い霧の流れが、数メートル先に立つ人影を一瞬、白さの中にかき消してしまう。上下・左右の感覚が奪われ、自分一人が白い雲の中に浮遊しているような感覚が襲ってくる。

壮絶な孤独。人はみな死の境界線を渡る時、こんな孤独を味わうのだろうか。

その時である。頭上数百メートルの白さの中から奇妙な音が聞こえ始めた。その音は、何かを断ち切るような数千の音の重なり。物ではなく、生命を断ち切る時の濡《ぬ》れた切断音の重なり。昔、打ち首の音は濡れた手拭《てぬぐい》を空中で水切りする時の音に似ている、と聞いたことがある。そんな音が何百、何千と重なって白さの中から降り注いでくるのだ。

恐怖に耐えながら、白さの中を凝視した。霧が割れた。タルチョ（経文旗）だった。峠をはさむ数百メートルの崖の上に、何千、何百というタルチョが奉上されていて、吹き抜ける風にはためいていたのだった。霧が運んだ天水《あまみず》をたっぷりと身に含んだ一枚一枚のタルチョが、吹き抜ける風に思い思いに身をよじりながら叫んでいたのだった。

一枚一枚のタルチョには「オム・マニ・ペメ・フム」というチベット密教の真言《マントラ》が描かれている。この真言は生と死の世界を安らかに輪廻《りんね》するための真言である。真の安らぎは壮絶な孤独とともにある。突然霧が晴れ、標高四千メートルの青さの中にタルチョの全貌《ぜんぼう》が見えた。タルチョの音は死者たちの陽気な笑い声に変わっていた。

月光を受けて

満月の夜だった。

枕元に置かれた小さなスピーカーから聞こえてくるオルカの歌声にふと目を覚ました。ゲストハウスの天窓から射《さ》し込んでくる月の光が、信じられないほどに明るかった。カナダ・ブリティッシュ・コロンビアの小さな島、ハンソン島。電気のないこの島に一週間も滞在していると、夜の闇に慣れた私の五感は鋭い野性を取り戻している。一枚、防寒着をはおって外に出た。この島で三十年間、野生のオルカの研究を続けている友人ポール・スポング博士は、水中マイクから聞こえるオルカの歌声が、ゲストハウスの外でも聞こえるよう粋《いき》な計らいをしてくれている。満月の夜にはオルカたちも一際陽気になるのだろうか。いつもよりもずっと華やいだオルカの歌声が、月光に照らされた夜の森に響いている。

本来は私たちの耳に直接届かないはずの海中のオルカの声が、人の生み出した技術によって空中に誘いだされ、夜の森を月光の射し込む海底に変えてゆく。オルカたちの歌声がしだいに近づいてくる。もうそろそろ島の前の狭い水路に入ってくるはずだ。私は森を出て、海の見える近くの岩場に立った。厚い霧が海面に漂っている。それは霧というより、厚く真っ白な雲が海面から数十メートルの高さまでビッシリと敷きつめられているような、そんな光景だ。その白い雲の上は満天の星空、その中天に煌々《こうこう》と輝く満月。満月の光を浴びて、雲の上層部だけが青白く光っている。雲の中からオルカたちの呼吸音《ブロー》が小さく聞こえはじめた。十数頭はいるだろうか。

大人たちに交じって、小さな子供の呼吸音も聞こえてくる。オルカの呼吸音にはいつも圧倒されるような威厳と不思議な懐かしさを感じる。呼吸音はオルカが遠い昔、陸から海へと還《かえ》っていった私たちの兄弟であることの証《あかし》だ。植物がつくってくれた空気中の酸素を、直接生きる糧として分かち合っている我々の仲間。たとえ海の中に生きていても、呼吸音がその絆《きずな》を思いださせてくれるのだ。

海面を漂う青白い雲の奥から、雷鳴のような音があたりの島々にエコーしながら響きわたった。巨大な雄だ。海中深くオルカの命をつないできた何十リットルもの空気が一気に森に向かって還されてゆく。満月の光の下、陽気なおしゃべりを交わしながら、白い雲の海を渡ってゆく見えないオルカの一家に、私はそっとエールを送った。

（注）星野道夫（一九五二―九六）写真家、エッセイスト。「地球交響曲第三番」は、撮影旅行中のカムチャツカで亡くなった星野道夫へのオマージュとなった。

宇宙の魂

樹に宿る生命

カナダ・ブリティッシュコロンビアのハンソン島の森の奥に、樹齢千年を越える杉の巨木がある。幹の直径は七メートル、樹《き》の頂は冬の強い風に折られてしまっているようだが、それでも下から見上げるとほとんど見えないほどの高さにまでそびえ立っている。

この樹に初めて出会ったのは一九八六年、ドキュメンタリー『宇宙船とカヌー』の取材の時だった。この島に過去二十年も住み、オルカ（シャチ）の研究を続けるポール・スポング博士に連れられて森の探索に出かけた時だった。

海岸沿いに建てられたスポング博士の研究室のすぐ裏から、急峻《きゅうしゅん》な崖《がけ》に沿って原始の姿そのままの深い森が拡がっている。苔《こけ》むした巨大な倒木が折り重なり、その倒木の上にまた、高さ数十メートルの樹々が生え、はるか彼方《かなた》の空を覆いつくすように風にゆれている。

うす暗い森の中に、時折樹々の枝葉からもれる陽光が差し込み、その光の中にさまざまな異形の粘菌類や茸《きのこ》がひっそりと息づいている。長年降り積もった枯れ葉のために、まるで深い絨毯《じゅうたん》を敷きつめたように柔らかいけもの道をたどって森の奥へ奥へと進んだ。

初めて森を歩く時には、どうしても目が足下に奪われるものだ。まして人の手がほとんど入らないこの森では、あちこちで倒木の枝葉が行く手をさえぎる。歩き始めてしばらく私はほとんど周囲を見る余裕もなかった。

「着いたよ」

スポング博士の声に顔を上げた私は、一瞬、状況が理解できなかった。突然、目の前に黒ずんだ巨大な木の壁が現われたのだ。それが杉の巨木の幹の部分だ、と気づくのに少々時間が必要だった。その大きさは私の予想をはるかに越えていた。私は樹の全体像が見える位置までもう一度引き返し、あらためてこの巨木を見上げた。

この瞬間に私のからだの内側に起こった激情を、私はどう説明すればよいのかわからない。何か圧倒的な力が私のからだに降り注ぎ、全身の細胞が一気に沸騰し泡立ってゆくような気がした。わけもなく涙がふき出してくる。

もし、側《そば》にスポング博士がいなかったら、私は大声で絶叫したかもしれない。そんな衝動を押しとどめるのが精一杯で、私はしばらく涙をふくことすら忘れていた。からだの中を大津波が一気に通り抜け、からだ中にはりめぐらされていたさまざまな堰《せき》があっという間に押し流されてしまったようなそんな気がした。考えてみれば、樹齢千年を越える巨木だとは言え、たった一本の物言わぬ樹に出会っただけで、私にいったい何が起こったのだろうか。

少なくともこの時から、私の樹に対する、あるいは植物に対する関わり方が大きく変わったような気がする。私のからだの中に、樹と交感できる何かが存在するのだ、というやわらかい確信のようなものが生まれたのだ。今の私は知識として、この地球上に私たち人類も含めたあらゆる生命が生き永らえられる環境をつくってくれたのが植物たちであることを知っている。また、電子や原子のレベルでみれば、樹も人間もまったく同じものを互いに交換しながら生きていることも知っている。しかし、こうした科学の進歩によって得た知識以前に、自分自身のからだの内側に樹と交感できる何かが確かに存在し、それは自分自身の内側との対話によっていつでも思い出せるものなのだ、ということがわかったのだ。

あれから六年、ハンソン島を訪れる度に、私はあの杉の巨木に会いに行っている。もちろん、最初の時のような激情はもう起こらないけれども、会う度に彼に対する尊敬の念が深まってゆく。私にとってこの樹は、人間ではありえない千年という歳月を生き抜いてきた大老師なのだ。

一九九二年の夏、数年ぶりでハンソン島を訪ねた。その時、スポング博士が私に見せたいものがあると言って、この巨木のあるところよりもさらに深い森の奥に案内してくれた。そこに、数本の不思議な形をした杉の樹があった。あの巨木よりは小さいけれども、それでも樹齢三、四百年のりっぱな樹だ。その樹の表面の、地上から五、六メートルのところまで縦に細い裂け目のようなものが走り、両側の樹皮が左右からこんもりと盛り上がっている。盛り上がった樹皮と樹皮のすき間にはなめらかな樹の地肌が見えている。それは古代からこのあたりに住んでいたクワキュートル・インディアンの人々が樹を利用した痕《あと》だという。彼らにとって樹は、生きてゆくために必要なさまざまな道具を提供してくれる貴重な存在だった。樹の表皮から繊維を取り出して衣服をつくり、籠《かご》を編み、狩猟の道具をつくり、幹からは家をつくり、カヌーを刻んだ。

彼らは、信じられないほど高度に洗練された樹の利用法を知っていた。その意味では彼らは現代人の我々と同じように、生きるために樹を利用していた。しかし、彼らはよほどのことがない限り、我々現代人のように樹を根こそぎ切り倒すことはなかった。なぜなら、彼らにとって樹とは、自分たちとまったく変わらない生命を持った生きものであり、自分たちが生きるためのさまざまな手助けをしてくれる〝神〟の宿るものとして心から崇《あが》めていたからだ。生きものは生きている限り、必ず自己治癒能力を持っている。樹もまたその能力を持っている。たとえ人間が自分たちの都合で少々樹を傷つけたとしても、その根本的な生命力を奪わない限り、樹は長年の歳月をかけて自らを癒《いや》し、数十年、あるいは数百年先に自分たちの子孫に再び生きるための恵みを与えてくれる。彼らはこのことをよく知っていた。

だから彼らは、樹を根本から切り倒すことはめったにしなかった。樹の生命力を損なわずに必要最小限のものだけをいただき、それを最大限に利用する高度な文明を持っていたのだ。ハンソン島の森の奥で私が見た不思議な杉の姿は、その跡だった。かつて、彼らはこの樹から表皮を剝《は》ぎ、数枚の板を切り出したのだろう。それから数百年の歳月を経た今、この樹は、遠目にはもう他の傷ついていない樹とほとんど見分けがつかないほどにその傷を癒してしまっている。左右に分かれた表皮の盛り上がりと、そのすき間からのぞくなめらかな地肌だけが、わずかに彼らの利用の跡を示しているにすぎない。

これにくらべて、現代人の我々が行っている森の伐採の跡は無残である。育ってからまだ数十年もたたない若木から樹齢千年の老木までをブルドーザーで一気になぎ倒し、手頃な大きさの樹だけを運び出し、残りは倒したままで捨ててゆく。その姿は、無差別爆撃による市民の大量殺戮《さつりく》が行われた戦場を見るようだ。こんな伐採の跡を見た時に、心に起こってくる怒りや悲しみは、決して単なる感傷ではない。そこには、生命というものへの豊かな想像力や畏敬《いけい》の念を失ってしまっている我々の現代文明の殺伐とした一面が見えるのだ。

クワキュートル・インディアンの人々に限らず、先住民の人々の生き方や知恵を、我々は未開の遅れた文明として無視し抹殺してきた。しかし今我々は、彼らがいかに豊かで奥深い自然に対する叡知《えいち》を持っていたかに気づく時にきている。

樹は、我々と同じように生命も心も持っている。そしてすべての生命はひとつながりのものであり、ともに調和しながら永遠に生きている。こんなシンプルであたり前のことを忘れているところに、我々の文明の悲劇があるのだ。

自転車的

もう十年ほど前から、私の日常生活の足はほとんど自転車である。

新宿御苑前の書斎から赤坂の事務所へは毎日自転車で通っているし、銀座・渋谷・池袋ぐらいまでは、よほどの大雨か、タキシードでも着なければならない時以外はすべて自転車だ。おかげで、私のライフスタイルはきわめて「自転車的」になった。大げさに言えば世界観が「自転車的」になった、とも言える。

まず第一に服装である。私の愛車は、十年前に買ったイタリア製のアラン・ツーリスト、人差し指一本で持ち上げられるほどの軽いアルミニウム製だが、この自転車を乗りこなすために、服装はどうしてもスポーティーなものになる。本格的なレースや遠距離ツアーをやるわけではないから、今流行のタイツスタイルで乗ることはないが、それでも、下半身は細身のスウェットパンツにウインド・ブレーカー、上半身はジャンパーで、背中にリュックを背負うことになる。そして靴はいつもスニーカー。このスタイルでスポンサーとの会議や、ちょっとしたパーティーにも出席させてもらっている。初対面の人やお偉方と会う時には確かに多少気を遣うが、その分、会ってすぐに打ちとける雰囲気づくりができるようになった。服装は、たとえそれが意識されていないとしても、確かに人の心とからだに微妙な影響を与えている。

私の場合、この「自転車的」服装は、「自転車的」生き方と直結していると言える。たとえば、都会に住む男の最も一般的な服装と言えば背広にネクタイ、革靴ということになるが、このスタイルだと、私の自転車には乗れない。恰好《かっこう》が悪いのではなく、危険なのだ。このスタイルでは、自転車を乗りこなすのに必要な動作の半分ぐらいができなくなるからだ。

まず、底が固く滑らかな普通の革靴で乗るのは最も危険なことだ。自転車のペダルは、単に足の力を車輪に伝えるだけのものではない。走行中に必要な無限とも言える微妙なバランスをペダルの上の両足先だけでとる。そのため、足先の裏とペダルの接触部分が可能な限りズレないほうがいい。極端な言い方をすれば、ペダルが自分の足の裏という肉体の一部分になってしまうのが理想である。そうなることによって、足の一本一本の指先やつけ根から伝わる振動や傾斜が、そのまま私のからだに伝わり、また私の運動神経が命令するバランス感覚がそのまま、自転車のバランスになる。

ペダルは、自転車を自分の肉体そのものにするために最も大切な部分なのだ。もし、この部分に底の固い、滑りやすい革靴を履いていると、どうしても自分の肉体と自転車との間に一つの壁ができてしまう。すなわち、自分の運動神経や身体感覚がそのまま自転車に伝わらず、その分、走行中に起こってくるさまざまな状況変化に対応できず危険になるのだ。だから私はスニーカーを履く。スニーカーは裸足《はだし》に最も近い感触を与えてくれる履物だからだ。

裸足に近い感触が大切だ、と言うなら、いっそ本当に裸足で乗ればよいではないか、と思われる方があるかもしれない。そこがまた違うのだ。自転車は、人間が自然に持っている肉体の能力を少しでも越えたいという欲求が生み出した「機械」である。「機械」はすべて、人間が自然に持っている能力を越えた力を人間に与えてくれるものだ。だから、人間がまったく自然のまま、すなわち、裸のままで「機械」に触れるのはやはり危険なことなのだ。というわけで、裸の肉体の感触を失わず、しかし、裸の肉体の脆《もろ》さを少し保護してくれる微妙なバランスの履物、すなわちスニーカーがいい、ということになるのだ。

同じことは、ズボンや上着にも言える。すその広い普通のズボンを穿《は》いて自転車に乗ると、たちまちすそがチェーンに巻き込まれて転んでしまう。普通のズボンは、裸の脚の形を隠すようにデザインされている。その分、裸の脚の形からみれば不自然で、自然な動きが制約される。自転車に乗るには、当然、裸の脚の形にフィットした柔軟な素材のスウェットパンツやタイツのほうがいい、ということになる。

「自転車的」服装とは、要するに自然=裸の肉体の形に限りなく近い服装であり、そこが、裸の肉体の形を隠そうとする背広スタイルとは決定的に違うのだ。背広は、都市生活者の中で最も一般的な服装である。それは、都市が裸の肉体の存在を拒否する空間だからなのだろう。自転車は、裸の肉体の存在を拒否する都市という空間で、ある程度この都市の特質とも調和しながら、裸の肉体の感覚を呼び覚ましてくれる不思議な乗り物なのだ。

私は、自転車に乗る時は必ず車道を走る。よく「車道を走るのは危険じゃないか」と問われる。しかし、現実には歩道を走るより、車道を走るほうがずっと安全なのだ。なぜなら、自転車のスピードは、人が歩くスピードよりはるかに車が走行するスピードに近いからだ。歩道を歩いている人々は、自転車のスピードをまったく予想していない。歩いている人が無意識のうちに持っている体内スピードはあくまで歩く速さである。歩く人が見ている距離も、歩く速さを基準にしている。だから、遠くから時速二、三十キロのスピードでやってくる自転車に対する警戒心などはまったく持っていない。私は乗り始めて二、三年の頃、転んで数回小さなけがをしたが、それはすべて歩道で人を避けるためだった。車道を走るようになってからはまったく転んでいない。それに歩道はいたるところに段差があるが、車道は自動車が走りやすいようにできているので表面が滑らかで安全に走りやすい。こうみると自転車は、あくまで科学技術の進歩が生み出した「機械」の一種であって、裸の自然とは違う都会的乗り物ということになる。

実際、車道を走る時は、車のスピードの流れに乗るのが最も安全であり、したがって私の体内スピードも車のスピードに近くなる。体内スピードが都会的になる、と言ってもいい。都会には、都会独特のスピードやリズムがある。車を運転している人の多くが、無意識のうちにこのスピードやリズムを身につけている。だからこれだけ多くの車が都内を走っていても、比較的安全に静かに車が流れている。私もこのスピードとリズムを身につけていれば車道を比較的安全に走ることができるというわけだ。

さて、ここまでは背広にネクタイ、革靴で自動車を運転していても、自転車に乗っていても同じことだと言える。しかし、ここから先が車と自転車で、決定的な違いがある。おわかりのように、車の場合は、走るためのエネルギーがガソリンによって外から供給されるが、自転車の場合は、自分の生身の肉体の内部からしか供給できない。車の場合は、この都会的スピードやリズムをただ感覚的に身につければよいのだが、自転車の場合は、それを支えるための生身の肉体の能力が必要になる。生身の肉体の能力といっても、それほど大したものが必要なわけではない。毎日五キロ程度のジョギングができる体力があれば充分であろう。この程度の体力を自転車という「機械」が、時速三十キロ、走行距離二十キロぐらいまで増幅してくれるのだ。

ただ、ジョギングと違うのは、走るスピードを常に変化させなければならないということだ。都会では信号も多いので、スピード・ゼロからの再スタートが何度もあるし、車の流れによっては急激にトップスピードに入らなければならない時もある。私の自転車の場合は十二段のギアチェンジができるが、それも、もともとのエネルギーは自分の肉体なのだから、けっこう息が激しくなることもある。短距離走と長距離走両方を同時にやるような走り方になるわけだ。これは肉体にとって、とてもよい刺激になる。肉体の持っている機能を幅広く使い、活性化するからだ。

さらに、自転車で走っていると、周囲の状況変化を瞬時にキャッチする動物的感覚が研ぎすまされてくる。視覚・聴覚・嗅覚《きゅうかく》・触覚などを思い切り解放して、左右からやって来る車を見張り、横を走る車との距離を判断し、うしろからやって来る車の気配を感じ、それに応じて、自転車のスピードやバランスなどを瞬時に調整する。車は自転車と違って、人間が自然に持っている能力をはるかに越えた能力を持つ高度な「機械」だけれども、それを運転しているのは人間である。たとえ運転する人の顔が見えなくても、車の外側には、その運転する人の気配が漂っている。その人の気配、すなわちスピード感覚やリズムをいち早くキャッチして、自分の自転車との距離を調整し、同時に、私のほうの気配を相手に伝える。相手が私の気配を察知していない、と感じる時には、あえて危険な位置に自転車を一瞬もっていって相手の注意を促すこともする。すなわち、気の交流みたいなことも四六時中やることになる。自転車に乗っている間、私の肉体や魂は、大草原で、全身全霊をかけて獲物を追う狩人《かりうど》と似た状態になるのだ。この状態は、ふだんスポンサーとの会議に出たり、編集機に向かって映像イメージを創《つく》ったりしている時の状態とは百八十度違う。

都会で生活しながら時折、肉体と魂をまったく異次元の世界に運んでくれる乗り物、それが自転車なのだ。

都会で健康に生きるためには、時折肉体と魂を反都会的状態、すなわち裸の自然に近い状態にもってゆくのがいい。自転車はそれを与えてくれるし、ガソリン代もかからず、思った場所に、思った時間内で、そして多くの場合、車や電車よりも速く到着できる、という意味では、きわめて都会生活にもマッチしていると言える。だから私は「自転車的」ライフスタイルが好きなのだ。

からだとの対話

人は誰でも、花や樹《き》や鳥や鯨《くじら》と〝話〟ができるし、人工の通信手段を使わずに遠くの仲間と交信したり、風や雲などの自然現象と対話する能力を持っているはずだ、と私は思っている。一九九二年七月に公開予定のドキュメンタリー映画『地球交響曲《ガイアシンフォニー》』の五人の出演者たちはみな、その能力を現実に実証してみせてくれた人たちばかりだ。

植物学者の野澤重雄《のざわしげお》さんはトマトと話ができる。登山家のラインホルト・メスナーは山と、野生動物保護活動家のダフニー・シェルドリックは象と、宇宙飛行士のラッセル・シュワイカートは地球そのものと、そしてアイルランドの歌手エンヤは、古代のケルト民族と〝話〟ができる。

そして、〝話〟ができたおかげで、野澤さんは、たった一粒のごく普通のトマトの種から、一万三千個も実のなるトマトの巨木をつくってしまった。メスナーは、酸素ボンベも持たず、たった一人で、世界の八千メートル級の山すべてを登り尽くした。ダフニーは野生にいるメスの象エレナと協力しながら、密猟者に親を殺された象の赤ちゃんを育て野生に還《かえ》す活動をしている。シュワイカートは、宇宙飛行士たちの国際組織ＡＳＥを創立し、地球との対話の内容を世界中の人たちに伝える活動をしている。エンヤは、自然との調和の中で生きた古代ケルトの魂を美しい歌声に乗せて甦《よみがえ》らせ、世界的なヒットを次々に飛ばしている。

彼らの業績だけをみていると、彼らはみな、凡人には到底不可能な奇跡を起こす〝超能力者〟のように思えてくる。

しかし、決してそうではない。彼らもまた、我々と同じ、二十世紀末の時代を生きる、ごく普通の人である。では、どうして彼らは象やトマトと〝話〟ができ、〝奇跡〟にもみえることができたのだろうか。インタビューを重ねるうちに、彼ら全員に共通の雰囲気があるのに気づいた。

彼らはみな、自分に感謝している。

自分が、からだを持ってこの世に生きていることを心から喜んでいる。その喜びが、言葉を越えて、からだから直接伝わってくる。

自分の生命が、自分の所有物ではなく、太古から連綿と受け継がれてきた、大きな生命の一部分であることを、頭ではなく、からだで知っていて、その〝からだ〟に感謝している。

トマトや象と〝話〟をしたり、山の天気を予知したり、過去の魂と交流したりする能力は、どうも、自分と、自分のからだとの対話から生まれているようだ。

私たちのからだをつくっている物質の最小単位は原子である。私たちのからだはおよそ10の28乗個もの原子から成り立っている、という。

その原子の一個一個は決して私たち人間だけに固有のものではない。宇宙のどこにでもある原子の一つである。宇宙誕生《ビッグ・バン》以来、宇宙のどこかで生まれた無数の原子の一つが、今たまたまこの地球にあって、水や空気や食べ物を通じて私たちのからだの中に入り込み、私たちのからだをつくっている。しかも、その原子は私たちのからだの中にずっととどまっているわけではない。息や汗や涙となって次々とからだの外へ出てゆく。五年も経てば、今私たちのからだをつくっている原子はすべて入れ替わってしまうそうだ。

私たちのからだは、原子のレベルでみると現実に、地球そのものや動物や植物と原子を互いに交換しながら生きているのだ。昨日私が吐いた息とともに私のからだから外へ出ていった原子の一つが、今日は街路樹の枝先に咲いた小さな花の蕾《つぼみ》の中に入っているかもしれない。そして明日には、その蕾をついばんだ小鳥のからだをつくっているかもしれない。そう思うと、私と花と小鳥の命がひとつながりのものである、ということが、単なる観念や道徳ではなく、事実である、ということがわかってくる。

また、ある科学者の計算によれば、私たちの一回の呼吸によって吸い込まれる空気の中には、過去にこの地球に生きたあらゆる人たちによって呼吸された百万個以上の原子が含まれているそうだ。だとすれば、かつて一度はお釈迦《しゃか》様の体内に入ったことのある原子が、今、この一瞬にも、私たちのからだの中に入ってきている、と言うことができる。

遠い祖先の命を支えたのと同じ原子を呼吸することによって、今の私たちの命が支えられている。家系図による証明や遺伝子の分析によらなくても、私たちは間違いなく、かつてこの地球に生きたすべての人々とひとつながりであり、今生きているすべての人々ともひとつながりなのだ。

現代人の多くは、この〝ひとつながり〟の感覚を忘れかけている。忘れることによって、トマトや象と〝話す〟言葉を失い、祖先や他者との連帯感を失い、そして、自然や地球そのものと対話できなくなっている。

この〝ひとつながり〟感覚の喪失は、現代人の「からだに対する鈍感さ」から生まれている。科学技術の進歩とともに、私たちの生活は、日々、便利で安全になってゆく。しかし、この便利さ、安全性のおかげで、私たちは、日常生活の中で、自分のからだと対話するチャンスを失い、からだに対して鈍感になり、傲慢《ごうまん》になり、そして、それがまた、自分以外の生命や自然、地球そのものへの鈍感さ、傲慢さを生んでゆくのだ。

私たちのからだは、事実として、トマトや象と同じ原子を分かち合っている。風の中にも、波の中にも、ひとときの私たちのからだを形づくってくれる原子が漂っている。何年か前に生きた祖先のからだの中にあった原子の一つが今、事実として私のからだの中にある。

百億年前の宇宙誕生の一瞬に生まれた原子の一つでさえ、宇宙の無数の星々の誕生と死に関わりながら、今、この私のからだの中にあるかもしれない。

この、まぎれもない事実を、私たちのからだは本来よく知っているのだ。

だからこそ、まだ人工的な通信手段や交通手段を持たなかった時代に、我々の祖先たちは、遠く離れた世界の各地で〝自然のすべての現象の中に神が宿る〟という、同じ自然観・生命観を抱き、宇宙創成や生命誕生についての、同じ神話や伝説を生んだのだ。

彼らは、自分のからだと対話することによって、種の境を越えて、樹や花や象や鯨と〝話す〟ことができた。自分の周囲にある石や水、風とはもちろんのこと、遠く離れた仲間や、時を越えた祖先とも、そして、太陽や月、宇宙の彼方《かなた》の星々とさえ〝話〟ができたのだ。

ドキュメンタリー映画『地球交響曲』の出演者たちはみな、我々現代人の〝常識〟からみると、〝奇跡〟を起こした〝超能力者〟にみえる。

しかし、決してそうではない。

彼らはただ、自分のからだとの対話を通して、自分の命が、他のすべての自然と〝ひとつながり〟であることを思い出しただけなのだ。だから、野澤さんにはトマトの〝心〟がわかる。ダフニーは、いつでも象と助け合える。メスナーは、登頂を始める時を山から教えてもらえる。シュワイカートは、地球と〝話〟ができる。エンヤは、ケルトの魂を蘇らせることができる。

そして、我々は誰でも、自分の立場で、自分のやり方で、彼らと同じことができる。なぜなら、我々はみな、本来ひとつながりなのだから。

心で〝想う〟

「自分が〝想《おも》う〟ということがいちばん大切ですね。〝自分はべっぴんである〟と想いなさいって言うの。そうすれば必ずそうなれる。たとえそうでなくても……ね！」

八十八歳のお祝いを前にした宇野千代先生の言葉である。七年前、私は宇野先生のドキュメント三分CMを撮った。この時の先生の笑顔は、たとえようもないほどにかわいく魅力的だった。私はたちまち惚《ほ》れてしまった。そして、先生のNo.5ぐらいの〝恋人〟に入れてもらった。なにしろ先生は面喰《めんく》いで、No.1とかNo.2にはハンサムな俳優たちが入っていたので、私はNo.5で我慢することにした。

一九九一年先生は、九十五歳になられた。先日、創作舞踊家の西川千麗さんの、宇野先生の作品『薄墨の桜』にアイディアを得た公演会で、久しぶりに先生にお会いした。少し、耳が遠くなられた先生は、両手で私の手を握った後、じっと私の眼をみつめ、そして何も言わず、ただあの、たまらなく魅力的な微笑《ほほえ》みを投げてくださった。私は、胸がキュンと熱くなった。それから、言葉には言い表わせないほど〝幸せ〟な気分になった。その時なぜかふと、二年前、アフリカ・ケニア草原で、野生の象エレナの鼻に抱かれた時のことを思い出した。

「これは、あの時の気分と同じじゃないか」

何か、とてつもなく大きな慈愛のようなものに抱かれて、私の中のすべての怖《おそ》れや不安が消え、まるで自分自身が草原を吹き抜ける風そのものになってしまったような気分だった。

一方は灼熱《しゃくねつ》の太陽が照りつけるアフリカの草原で、一方はモダンな赤坂ラフォーレ・ミユージアムのロビーで、一方は体高三メートルを越える巨大なアフリカ象のエレナ、一方は粋《いき》な桜模様の着物に身を包まれた九十五歳の小さな宇野千代先生、この、一見まったく異次元の世界に生きるおふたりの中に、何か壮大な、共通するものがある。

それはいったい何なのだろうか。

心で〝想う〟ことが〝現実〟になる、ということを最初に教えてくださったのは宇野先生だった。先生はそのことを、言葉の意味としてではなく、心の波動として伝えてくださった。最初に掲げたあの言葉を語る時の、先生の全存在からあふれ出てくるあの雰囲気、そのことについての微塵《みじん》の疑念も抱かず、しかもそのことを全身全霊で、分かち合おうとする先生の心の波動に私は圧倒されてしまったのだった。

言葉の持つ〝意味〟は、その大きな波動に乗って漂ってくる小さな帆船にすぎなかった。

その時から私は、心で〝想う〟ことが〝現実〟になる、ということについて、つまらぬインテリ的懐疑心を捨てることにした。

そういえば私は、撮影の現場で、心で〝想う〟ことによって、起こりえないような〝偶然〟が実際に起こり、撮影が成功した、という体験を数え切れないほど持っている。特に、象や鯨《くじら》など、言葉が通じない相手との間にそのことがよく起こる。

エレナの場合もそうだった。エレナはアフリカ・ケニアの野生に棲《す》む三十六歳のメスの象、動物保護活動家のダフニー・シェルドリックさんが最初に育てるのに成功し、野生に還《かえ》っていった孤児だった。エレナは野生に還った後も、ダフニーさんとの関係を断ち切らず、今も時々ダフニーさんと会っている。ダフニーさんが三歳ぐらいまで育てた象の孤児たちをダフニーさんから預かり、養母となって野生で生きるさまざまな知恵を教えているのだ。ダフニーさんとエレナが協力して育て野生に還っていった象の孤児たちはすでに十数頭になると言う。

決して人間に馴《な》れることがない、といわれるアフリカ象と人間の女性との間に、このような、実の母娘にも似た親密な関係が続いていること自体、奇跡のようにも思える。しかも、エレナは自分の産んだ子ではない孤児たちを預かり、密猟者や外敵から守りながら育てているのだ。さらにエレナは、二歳以下の、まだミルクが必要な年齢の孤児を森の中で発見すると、わざわざダフニーさんのもとに連れて来るという。まだ自分の子を産んだことのないエレナにとっては、母乳を与えることだけはどうしてもできないからだ。

これはもはや、動物の無意識の〝本能〟ではない。自分を育ててくれた〝母〟の愛と叡《えい》知《ち》をエレナ自身が受け継いでいる、ということなのだろう。

さて、半年ぶりでエレナに会いにゆくダフニーさんを追って広大な草原《サバンナ》にわけ入った時のことだった。今、ダフニーさんの動物孤児院があるナイロビと、エレナが住むツァボ国立公園とは四百キロも離れている。もちろん通信手段などない。あったとしても、人間の言葉をしゃべらないエレナに、ダフニーさんが来ることは伝わるはずもない。しかし、エレナは、彼女が来ることを、なぜか必ず前もって知っている、という。面会場所は、近くに小さな川の流れる草原のまっただ中だった。

「エレナ！　エレナ！」とダフニーさんが数回叫んだ。私たちにはまったく何も見えなかった。草原を渡る風の音以外、一切物音のしない静寂が、長い間続いた。

突然、はるか彼方《かなた》の森の陰に動くものが見えた。エレナだった。

エレナは私が想像していたよりずっと巨大だった。森のはずれの樹《き》のてっぺんあたりからエレナの大きな顔が現われ、ゆっくりとこっちに向かって進んでくる。「エレナ！」と小さく叫んで、ダフニーさんもまっすぐにエレナに向かって歩き始めた。この再会シーンは、撮影しながら涙が出るほど感動的だった。エレナは、その大きく長い鼻で、ダフニーさんの背中をゆっくりとなでる。ダフニーさんは、ほとんど空を見上げるばかりにそり返りながら、エレナの眼の下のあたりをやさしく叩《たた》く。

そこには、象と人間、という種の違いなどまったく感じさせない〝愛〟の分かち合いがあった。

私は、カメラマンに撮影の指示を与えながら、「エレナ、出て来てくれて本当にありがとう。あなたの存在を知ってから私は二年間ずっとあなたに会いたい、と想い続けてきたんだ。今、会うことができて本当に嬉《うれ》しい。ありがとう」と心で想った。

不思議なことが起こったのは、その時だった。

エレナがゆっくりとこっちを振り返り、ダフニーさんを抱いていた鼻をほどくと、私たち撮影隊のほうに向かって歩き始めたのだ。一瞬、ひるんで後ずさりしそうになるスタッフを押しとどめながら私はエレナを待った。恐怖心などまったく感じなかった。エレナはまっすぐにやって来て私を抱いてくれた。エレナの鼻は固く、ゴワゴワした毛が生えていて少し痛かった。しかし私は、言いようもないほど〝幸せ〟な気分だった。

心で〝想う〟ことが相手に伝わる仕組みは、まだ〝科学的〟には解明できていない。ひょっとすると〝科学的〟手段では解明できないものなのかもしれない。

しかし、それは確かに伝わる。

しかもそれは、種の違いを越え、言葉を越え、時を越え、空間を越えて確かに伝わる。

今私たちは、この心で〝想う〟ということが、現実をつくってゆく上でどれほど大切なことか、ということを真剣に考え直す時代にきている。自分自身の未来も、地球全体の未来も、それで決まってくるのかもしれない。宇野先生もエレナも、そのことをやさしく教えてくれているのだろう。

〝見える世界〟と〝見えない世界〟

一九九〇年の春以来、三年ぶりで吉野の山奥にある天河大弁財天社をお訪ねした。

一九八九年から三年がかりで制作した映画『地球交響曲《ガイアシンフォニー》』と、この映画の制作過程で、不思議なかたちで生まれることになった映像詩『天河交響曲』のヴィデオをご奉納するためだった。

映画『地球交響曲』については詳しい説明は省かせてもらうが、一九九二年の暮に東京で初めて上映して以来、観《み》てくださった方々の口コミで観客数が日に日に増え、今は全国に自主上映の輪が拡がっている。これに対し『天河交響曲』のほうは、ご覧いただいた方はほとんどいない、という作品である。この二つの映像作品の関係は、言ってみれば一つの作品の表と裏、あるいは光の当たった部分と影の部分、という関係にある。もちろん『地球交響曲』のほうが表で『天河交響曲』のほうが裏、という関係になる。

どうして一つの作品に表と裏、光の当たった部分と影の部分ができてしまったのかについては多少の説明が必要だろう。一九八九年、『地球交響曲』の撮影を開始した時、私は〝見えない世界〟を描き出したい、と密《ひそ》かに思っていた。〝見えない世界〟とは人間の

〝心〟そのもの、〝魂〟そのもの、あるいは〝霊性〟そのもの、と言ってもよい。あるいは、あらゆる〝見える世界〟の裏に存在する大きな宇宙的な意志、世界的な宇宙物理学者フリーマン・ダイソン博士の言葉を借りれば〝宇宙の魂《ユニバーサル・マインド》〟と言ってもよい。

科学技術が現代のように進歩する以前、人々は毎日毎日の生活の中で、自然との触れ合いを通して、ごく素直にこの〝宇宙の魂〟の存在を感じていただろうし、それを〝神〟として崇《あが》めてもいた。また、仏陀《ぶっだ》にしても、キリストにしてもマホメットにしても、世界の聖者たちはみなこの存在を感得したところからそれぞれの〝道〟を説いたのだろう。

ところで、〝見えない世界〟を映画で描き出そうという発想は、それ自体が一つのパラドックスである。映画とは、まさに〝見える世界〟の産物であり、ましてフィクションではなく、ドキュメンタリーという、現実を撮影するという方法の中で描こうとするのだから、これは初めから無理と言えば無理な話だ。フィルムには、肉眼で〝見える〟ものしか写らない。もちろん、心霊写真のように、肉眼で見えなかったものが写っている、ということもあるだろう。しかし、それを期待して映画づくりをする、というわけにもいかない。だから〝見えない世界〟を描きたいと思う映画監督は必ず、フィクションという方法をとる。見えないはずの世界をカメラの前に自分自身の手で仮構し、それを撮る。大がかりなセットも、精密な機械じかけのぬいぐるみも、ＳＦＸも、ＣＧも、みなそのための手段である。

ところが私は『地球交響曲』においては、ドキュメンタリーの手法によって〝見えない世界〟を描きたいという大それた考えを持った。それは、私が自分自身の現実の生活の中で〝見えない世界〟＝〝宇宙の魂〟の存在を、見えているのではなく、しかしリアルに感じているからだった。

一九八九年春、『地球交響曲』の撮影を開始した頃、突然私は何人もの異なった人々から天河神社を訪ねてみないか、という誘いを受けた。その頃の私は天河神社の名も知らなかったし、その由緒やそこで起こっている現象も知らなかった。ただ、私を誘ってくれた友人たちがみな、その人の作品や生き方に共感を感じている音楽家や学者たちであったため、少なからず心が動いた。しかし撮影のスケジュールなどがビッシリつまっていて、とても訪ねる余裕がなかった。ところが五月の初旬、予定していたスケジュールが突然一週間ほどキャンセルになった。キャンセルが決定したその日に、また別の音楽家が約束なしに事務所を訪ねてきて、私を誘った。明日から天河神社に行くのだが一緒に行かないか、と言うのだ。宿にも余裕がある、と言う。もともとこのような〝予期せぬ出来事〟が大好きな私は、彼の誘いに乗って初めて天河神社を訪れたのだった。

この最初の訪問の結果、足かけ二年にわたる『地球交響曲』のロケ期間中、折々に天河神社の神事を撮ることになった。なぜそうなったかについては、今も論理的に明快に説明することができない。もともと『地球交響曲』は〝見える世界〟を通して〝見えない世界〟を描こうとしたものであり、出演者である登山家のメスナーも、トマトの野澤さんも、象のダフニーも、みな〝見える世界〟に実在する人たちであり、被写体として確固たる存在である。

これに対して、天河神社の神事だけは〝見える世界〟にカメラを向けているのか〝見えない世界〟に直接カメラを向けているのかが、必ずしも明快にならない。私自身の体感から言えば、柿坂神酒之祐《みきのすけ》宮司の〝神ながら〟によって執り行われるさまざまな神事に立ち会い、〝見えない世界〟に参入しながら、カメラはたまたまその場でまわっていた、というのが実感だった。神事を撮る、というよりカメラを持って神事に参加し、禊《みそぎ》を受け、その魂を持って象のエレナや宇宙飛行士のシュワイカートに会いにゆく、すなわち〝見える世界〟を撮りにゆく、というほうが実感だった。

それでも、二年間の撮影期間を終えると、およそ二十時間分ほどの天河神社の神事の映像が手元に残った。『地球交響曲』の編集の初期段階で、私はこの天河の映像を映画全体の中にちりばめるように配置した。第一段階の編集で映画の長さは四時間以上になった。当然半分以下に縮めなければならない。天河の映像は、それだけを取り出して観るとどれも美しく、超自然的なエネルギーの存在を予感させる不思議な力があった。ところが編集してみると、他の大部分の〝見える世界〟の映像との間にどこか違和感を生じる。映画を短くしてゆくプロセスで、天河の映像はしだいに『地球交響曲』の表の世界から姿を消していった。そして二時間五分、という長さで映画が完成した時、天河の映像は、短く鮮烈なイメージショットとして、オープニングの部分と、アイルランドの歌手エンヤとケルト文化の章にわずかに残るだけになった。

私は、これでよかったのだ、と思った。〝見える世界〟を通して〝見えない世界〟を描く、これが『地球交響曲』を創《つく》ろうと思った私の最初からの意図であったのだから。〝宇《ユニバ》宙の魂《ーサル・マインド》〟は何も特別の場所で特別な時にのみ出会えるようなものではなく、私たちが生きている毎日毎日の日常の中に、リアルに実在する。もっと言えば、私たち自身がこの〝宇宙の魂〟の一つの現われであり、それぞれが、それぞれの場で出会うあらゆる出来事、生命・自然現象すべてがその現われである。〝見えない世界〟は〝見える世界〟の対極にあるのではなく、まさに〝見える世界〟の中に実在する。今私たちはそのことを忘れかけている。『地球交響曲』はそのことを感動とともに思い出す一つのきっかけになってほしいと思っていた。

映画『地球交響曲』は一九九一年の暮に完成した。しかし、上映のチャンスがなかなかめぐって来ない。多少のあせりはあったが、そのことにも何かの意味があるのだろうと思って待つことにした。『地球交響曲』の表面から消えていった天河の映像の行く末についても、わからないままに時が過ぎた。その頃から、いわゆるバブルの崩壊が始まった。平成元年の正遷宮のために莫大《ばくだい》な借金を抱えていた天河神社の経済が行き詰まり、世間では

「神社の倒産」などと冷ややかな噂《うわさ》が流れた。

一九九一年七月、私を天河に誘ってくれた友人たちが集まって、天河のために何かできないか、ということで「天河曼陀羅《マンダラ》」というイヴェントを催すことになった。莫大な借金に対して、私たちにできることはほとんどない。ただこの苦境の時に集うことからまた、何かが生まれるかもしれない、この会に集う人々のために何かお観《み》せできる映像はないだろうか、と問われた。その時私は『地球交響曲』の表面から消えていった天河の映像が甦《よみがえ》る時が来たのだと思った。一本の映画を正式に完成させるためには、フィルムの現像費やスタジオ費など数百万のお金がかかる。そんなお金は私にはない。私は『地球交響曲』から消えていったラッシュフィルムをかき集め、自分の事務所にある下編集のための機材を使って編集し直し、音楽や効果音もみな、その小さな編集機を使って直接ヴィデオテープに録音した。

こうして『天河交響曲』と名づけた三十分ほどのまったく手作りの一本の作品ができ上がった。この作品は、七月に東京と京都で催された「天河曼陀羅」に集まったわずか数百名の方々にだけ観ていただくことになった。そして、この「天河曼陀羅」のイヴェントが終わると同時に、一年間待った『地球交響曲』の東京での初公開の日時が決定したのだ。技術的に最高の手を尽くして完成させた映画『地球交響曲』は、いわば〝見える世界〟に登場する使命を帯びた存在である。これに対し、まったくの手作りで映像も傷ついていたり汚れたりしたまま使わざるをえなかった『天河交響曲』は、いわば〝見えない世界〟の存在なのかもしれない。しかし、この両者は私にとってまったく別の存在ではない。『地球交響曲』の中に『天河交響曲』があり、『天河交響曲』の中に『地球交響曲』がある。

三年ぶりに訪れた天河神社は静けさとやすらぎに満ちていた。三年折からの雨で満々とした清らかな水をたたえた天川、生命力にあふれた樹々《きぎ》の緑。三年前には輝くばかりの白木だった神殿も、三年の歳月を宿して今は緑の中にしっとりと落ち着きを見せ始めている。有限な「現実」の時間を超えた、悠久の時の流れがからだに滲《し》みわたってくるのを感じる。

柿坂宮司から、ご奉納の神事を受けた。宮司ご自身が打ちならされる太鼓の波動と神殿に響きわたる朗々たる祝詞《のりと》に抱擁されて、全身の細胞が沸き立つような感動を覚えた。「神社は霊的な元気回復の場所である」と言ったのは、一九三〇年代に日本を訪れたアメリカのジャーナリスト、メイソンだったか。

物は光が当たることによって見える。

光が当たることによって影の部分が生まれる。私たちは光が当たった〝見えるもの〟だけを実在と信じてしまう。しかし、そこには〝見えない〟影の部分が同時に生まれ、そしてそのすべての源に光そのものがある。私たちには光そのものは見えない。しかし、その光の実在を感得できる〝心〟がある。

一九九三年七月三日、天河での禊《みそぎ》を受けた日、この日を私は『地球交響曲』第二番のスタートの日、と心に定めた。

気の交信

ブッシュマンの男たちが狩に使う弓は、素朴でかわいく、一見おもちゃのように見える。彼らはサバンナに生える灌木《かんぼく》の葉を削《そ》いで繊維を取り出し、縄状に編んで弦をつくる。胴は弾力性に富んだ柳《やなぎ》科の木の枝。道具らしい道具はほとんど使わず、自然の素材を使い、すべて手作りで、わずか半日ほどで一本の弓をつくってしまう。このやり方はたぶん、数万年間変わっていない。

ナミブ砂漠のブッシュマンの聖地に遺《のこ》された二万年前の線刻画に、この弓を使って狩をする彼らの祖先の姿が描かれているからだ。ブッシュマンの人々は、およそ二万年もの間道具をほとんど進歩させてこなかった。これにくらべて、西洋文明に代表される人々は、よりたやすく、より正確に、大量に獲物を獲得するために次々と道具を進歩させ、強力な弓をつくり、銃を生み、マシンガンを発明し、ついにはミサイルをつくってしまった。

道具を進歩させてこなかった人々のことを西洋近代文明は、〝未開人〟と呼んで長い間蔑《さげす》んできた。彼らを〝知能〟の劣った人々だ、と思い込んできたのだ。

ところが、それがとんでもない誤りであったことに最近ようやく気づき始めた。

ブッシュマンの人々が道具を進歩させてこなかったのには深い理由があり、そこには、自然と調和しながら生きる彼らの、素晴らしい叡知《えいち》が隠されていたのだ。

ブッシュマンの弓の射程距離は二、三十メートル、一矢で倒すことのできるのは、せいぜい鳥か兎などの小動物にすぎない。しかし彼らは、その小さな弓で自分たちのからだの数倍も大きな鹿や、時には象さえ倒して、数万年もの間、生きる糧《かて》を得てきた。

これにくらべて、現代の密猟者が使うマシンガンの威力は桁違《けたちが》いだ。彼らは数百メートルも離れた距離から象の群れを襲い、年寄りから赤ちゃんまで一気に無差別に殺してしまう。確かに〝象を仕留める〟という結果だけから見れば、弓よりマシンガンのほうがずっと効果的で正確だろう。何より、人間は〝楽〟ができる。だから人間は、弓という道具を進歩させてマシンガンをつくったのだ。しかし、そのことによって、最も大切なものを失ってきた。

まず、弱い弓を使って、目標である動物に正確に矢を当てるためには、どうしてもその動物のすぐ側《そば》にまで接近しなければならない。しかし、近づけば近づくほど、動物は気づいて逃げてしまう。だから、弱い弓を使って狩をするには、まず警戒心を起こさせずに動物に近づくことができるか否かが鍵《かぎ》になる。

ブッシュマンの狩人《かりうど》たちはみな、その能力を身につけていた。自分自身が、その動物になりきるのだ。変装したりするのではない。

自分自身の〝気〟を、鹿なら鹿、象なら象の〝気〟と同調させるのだ。〝気〟を同調させれば、動物たちは決して異種の動物を怖《おそ》れたり警戒したりはしない。捕食関係にあるはずのライオンと鹿やシマウマが一緒に並んで水を飲んでいる風景は、アフリカではごく普通に見られる。彼らは、外見の姿形から敵味方を見分けているのではない。その動物がかもし出す〝気〟配によって、今、相手が心を許せる状態かどうかを見分けているのだ。

ブッシュマンの狩人たちは、その〝気〟を同調させる卓抜した術《すべ》を知っていたからこそ、警戒されずに動物に近づくことができたのだ。道具としての弓を進歩させる代わりに、自分たちの〝気〟を自在に操り、いつでも象や鹿たちと同調できる能力を高めていったのだ。彼らが折々にたき火を囲んで行うトランスダンスやさまざまな儀式は、みなその能力を高めてゆく訓練の場でもあった。彼らは踊りながらしだいに鹿や象、ダチョウなどに変身してゆく。

これらの動物たちはみな、彼らの生命を支えてくれる神聖な動物たちだ。その神聖な動物たちに変身することによって、彼らには、象の悲しみ、鹿の喜び、鳥の笑いがわかるようになってくる。彼らは〝文明人〟である我々のように動物たちを単なる食料とは思っていないし、ましてや、〝象牙《ぞうげ》の材料〟などとはまったく思っていない。

　自分たちに生命を与えてくれる動物たちを総称して彼らは、〝雨の動物《レイン・アニマル》〟と呼ぶ。乾燥した砂漠に住む彼らにとって雨《ブラ》＝水はすべての生命の源であり、その雨とこの動物たちは同じ神聖な価値を持つ存在なのだ。

「雨の動物《レイン・アニマル》」という呼び名は、英語による苦肉の翻訳なのであって、実は、ブッシュマンの言葉には、〝動物〟〝植物〟〝人間〟といった抽象概念によって世界を分類し理解しようとする営みがないのだ。

　その代わり〝生命を分かち合う者〟〝生命を脅《おびや》かす者〟という大きな分類があって、〝生命を分かち合う者〟の中では、動物も植物も自然現象も区別はないのだ。だから彼らは、動物とも、植物とも、そして自然現象とも話ができる。狩に出て大きな鹿の群れと出会った時、今日、どの〝個体〟が彼らに生命を与えてくれるのかは、鹿のほうから教えてくれる、と彼らは言う。だから決して、今射《う》ってはいけない個体、すなわち妊娠中のメスや子育て中の母、群れに必要なリーダーなどは射たない。彼らな鹿を獲《と》るのではなく、鹿のほうで彼らに生命を分かち与えてくれるのだから。

　弱い弓で射《い》られた大きな鹿は、決してその場では倒れない。矢じりの先に塗られた昆虫の毒が全身にまわって力尽きるまで何日もかかる。その間、ブッシュマンの狩人たちは根気よく追跡し続ける。姿がまったく見えなくなることもしばしばある。しかし、残された足跡にすべての情報が隠されている。

彼らはその情報を読みとることができる。彼らは残された足跡から、年齢・性別・体重はもちろんのこと、その個体の精神状態まで読みとることができるという。

追跡は、狩人たちにとっても決して生やさしいことではない。時には、家族のいる部落から何百キロも離れることもある。水も食料も持たず、灼熱《しゃくねつ》の太陽の下で、何百キロもの追跡を続けることは、狩人たちにとっても命がけの営みとなる。

この追跡は、〝生命を与える者〟と〝与えられる者〟との間で行われる、避けることのできない、苛酷《かこく》で神聖な儀式である。この儀式の間中、〝生命を与える者〟と〝与えられる者〟との間には、絶え間ない〝気〟の交信がなされるのだろう。そして、〝与える者〟が〝与えること〟を心から受け入れた時、この儀式は終わる。

だから、ブッシュマンの人々は、倒された鹿の肉体を一片たりとも無駄にはしない。肉は食べ物になり、皮は衣服、骨は矢じりや針、スジは糸になり、もう一度、別の生命を生きるのだ。ブッシュマンの人々は、倒した鹿の生命が自分の身体の中に生きていることを、体験として知っていた。日常使っている素朴な道具の中に、鹿の魂や樹《き》の精霊が宿っていることを、〝気〟の同調や交信を通して知っていたのだ。

〝生きる〟ことは〝生命の移しかえ〟である。

すべての生命が、外から生命をもらい、外へ還元してゆく、というつながりの中で輪になって生きている。〝道具〟を著しく進歩させた人間だけが、そのことを忘れかけている。

数万年もの間、道具を進歩させなかったブッシュマンの人々の生き方の中に、自然の調和を取り戻す偉大な叡知が隠されていることに、今我々は気づかなければならない。

アリュートのカヤック

六年ぶりにジョージ・ダイソンを訪ねた。一九八六年に『宇宙船とカヌー』という長編ドキュメンタリーを撮影して以来の再会だった。ジョージはアメリカ・カナダのカヤック製作の先駆者で『宇宙船とカヌー』の主人公。十六歳の時、世界的に有名な宇宙物理学者の父フリーマン・ダイソンのもとを飛び出し、カナダ・バンクーバーの森の中の地上三十メートルの樹の上に家をつくり、消え去ろうとするアリュート人のカヤックの復元を続けてきた変わり者だ。

かつてカナダ・ブリティッシュコロンビアからアラスカにかけての太平洋沿岸水路には、我々と祖先を同じくする数多くの海洋モンゴロイド民族が住んでいた。アリュート、クワキュートル、ハイダ等の北米インディアンがその人々だ。中でもアリュート人は、西洋文明がこの地を支配するはるか以前に、現代の流体力学を駆使して計算してみても、ほとんど完璧《かんぺき》と言えるほどのみごとなカヤックの構造を完成させていた。

ジョージは、このアリュートのカヤックが、この地方の〝乗り物〟として最も優れたものであるというだけでなく、この〝乗り物〟で旅をすることが、人間の自然に対する意識を大きく変えてゆくことにいち早く気づき、博物館に陳列されるだけの運命にあったアリュート人のカヤックを、もう一度現代生活に甦《よみがえ》らせようと試みたのだ。

アリュートのカヤックは、流木や鯨《くじら》の骨で骨組みをつくり、その上にあざらしの皮を被《かぶ》せた中空構造になっている。このカヤックは、西洋近代文明が生み出した鋼鉄製・エンジン付きの船にくらべると、いかにもひ弱で頼りなげに見える。ところが事実はその正反対で、沿岸水路の自然環境の中では、このカヤックの構造こそ手軽で強く、スピードも速く、沿岸水路のあらゆる場所に到達できる唯一の優《すぐ》れ物《もの》なのだ。

まず、海から数百メートルの崖《がけ》がまっすぐに立ち上がり、細く迷路のように入り組んだ水路が続くこの地方の沿岸では、大きな船はメインの大きな水道しか通ることができない。これにくらべてカヤックはどんな細い水路にも入ってゆくことができる。こうした細い水路の奥には、近代文明に侵されない豊かな自然が今も豊富に残っている。大きな近代船が行き来するようになって、確かに、遠く離れた街から街への旅は速く、便利になった。しかし、その街と街の間にある小さな村や、そこにある繊細だが豊かな自然に触れるチャンスを人々は失っていったのだ。

さらにこうした細い水路には、ケルプと呼ばれる海藻がいたるところに生えていて、エンジン付きのボートでは侵入が難しい。その点、軽いカヤックは海藻の上を滑るように進むことができる。また、複雑な水路のせいで、このあたりの潮流は時速八ノットもの速さになり、あちこちで渦を巻く。鋼鉄の近代船でこの渦潮を突き切ってゆくためには、強大なパワーのエンジンと強固な、したがって重い船体が必要になる。ところがカヤックは、この渦潮の上をいともたやすく滑ってゆくし、潮に乗れば、エンジン付きボートにも劣らないほどのスピードが出る。さらに、鋼鉄やグラスファイバーの一枚板でつくられる近代船の場合、潮に流されて岩にぶつかった時、衝撃で一気に破壊される危険がある。これに対し、海の哺乳《ほにゅう》動物・鯨に似た内部構造を持つカヤックでは、骨組みのあちこちで衝撃を分散・吸収するので、一気に破壊される、ということはまずない。要するにアリュートのカヤックの構造は、機械や道具として発想されたのではなく、鯨から学んだものなのだ。

アリュートの人々は、このカヤックを流木や鯨の骨、あざらしの皮などからつくった。二十世紀末を生きるジョージは、アルミニウム・チューブと強靭《きょうじん》な防水布からつくる。最先端の科学技術が生み出した素材を使いながら、根本の設計思想を古代アリュート民族の知恵から学ぶのだ。ジョージのカヤックは、まるで日本の伝統工芸品のように美しい。骨組みの接合各所を、一つ一つ丹念に縛ってゆくその技は、まるで京都の竹細工師の技を見るようだ。しかもこのカヤックは単なる鑑賞のための美術品ではなく、使う人に古代アリュート人の魂を甦らせる現代の実用品なのだ。

ジョージのカヤックに乗って旅をしていると、まるで自分が鯨に変身したような気分になってくる。カヤックという乗り物に乗っているのではなく、自分自身の下半身が鯨の形に変身し海を行くのだ。実際、ジョージのカヤックに乗っていると、下半身は常に水面下にある。すると、カヤックの舳先《へさき》が波を切る振動が、布やアルミニウムを通して直接からだに伝わり、まるで自分の皮膚で波を切っているように感じられてくる。絶え間なく変化している潮の流れが、からだの感覚としてわかってくる。五感が鋭く研ぎすまされ、波の下に潜む岩礁《がんしょう》の音を聴き分け、遠く離れた陸地から漂ってくる森の匂《にお》いを嗅《か》ぎ分けられるようになる。そしてしだいに海への恐怖心が消えてゆく。

遠い昔、我々の親戚《しんせき》だった海の哺乳動物・鯨たちと同じ視線で海が見えてくる。実際、カヤックに乗っている時の目の高さは、ちょうど鯨たちが呼吸のために海面に出た時の目の高さとほぼ同じだ。この目の高さから海を見、陸地を見ると、それは大きな船のデッキに立って見る風景とはまったく違ってくる。

この地球に生きるすべての命を生み出した母なる海の懐に抱かれているような、不思議な安心感が生まれてくる。自分は、母なる海=母なる星地球に育《はぐく》まれた大きな命の一部分であることが、観念ではなく、体感としてわかってくるのだ。宇宙のはるか彼方《かなた》から地球を観《み》る機会を得た宇宙飛行士たちが異口同音に言っている。この星の色は大部分がブルーと白、すなわち海（水）なのだ。

遠い昔、海から陸にあがった我々は、いつの間にかこの星が海の星であることを忘れ、海を怖《おそ》れ、陸地だけの世界観で地球を観るようになっていた。しかし宇宙時代に入って我々はこの星が海の星であることを再び発見した。そんな時、ジョージのカヤックはわざわざ宇宙に出かけなくても、この星が海の星であることを体感できるチャンスを与えてくれる。すべての命が海から生まれ、海（水）の循環の中で連綿とつながって生きている、という事実を、からだの深奥の記憶の中から呼びさましてくれるのだ。

六年ぶりに訪れてみると、ジョージのカヤック工房は、バンクーバーの森の中から、車で一時間ほど離れた、アメリカ・ワシントン州の小さな港街、ベーリングハムに移っていた。工房の大きさも前の数倍広くなり、そこには製作途中の美しいカヤックが数艘《そう》置かれていた。

ジョージが嬉《うれ》しそうに、多少はにかみながら工房の一角の小さな部屋に案内してくれた。そこには最新のコンピューターが置かれており、キーを叩《たた》くと画面にはジョージがこれから製作しようとしている最新の二人乗りのカヤックのデザインが立体図となって次々に現われた。コンピューターを使うことによって、誰でもがこのデザインを一目で理解し、さらに遠くの人々がこのデザインを手元で複製できるようにする、とのことだった。

ジョージは決して昔をなつかしむだけの懐古主義者ではない。現代の最先端の科学技術と、古代からの祖先の知恵や自然の叡知《えいち》との調和の道を探る現代の芸術家なのだ。海辺の夏の光に映えるジョージのカヤックの美しさは七年前とまったく変わらなかった。そのカヤックを眺めながら、〝人間の未来もまんざら捨てたものではないな！〟と、ふと嬉しくなった。

生命のシンフォニー

地球《ガイア》の知性

ここ数年、私には鯨《くじら》と象を撮影する機会がとても多かった。特に意識的に選んだつもりはないのに、結果としてそうなってきた理由を考えてみると、これは、鯨や象と深く付き合っている人たちがみな、人間としてとても面白かったからだ。

人種も職業もみなそれぞれ異なっているのに、彼らには独特の、共通した雰囲気がある。彼らは、象や鯨を、自分の知的好奇心の対象とは考えなくなってきている。鯨や象から、何かとてつもなく大切なものを学びとろうとしている。そして、鯨や象に対して、畏敬《いけい》の念さえ抱いているように見える。

人間が、どうして野生の動物に対して畏敬の念まで抱くようになってしまうのだろうか。この、人間に対する興味から、私も鯨や象に興味を抱くようになった。そして、自然の中での鯨や象との出会いを重ね、彼らのことを知れば知るほど、私もまた鯨や象に畏敬の念を抱くようになった。

今では、鯨と象は、私たち人類にある重大な示唆を与えるために、あの大きなからだで

（現在の地球環境では、からだが大きければ大きいほど生きるのが難しい）数千万年もの間この地球に生き続けてきてくれたのでは、とさえ思っている。

大脳皮質（思考に使うところ）の大きさとその複雑さからみて、鯨と象と人は、ほぼ対等の精神的能力を持つ、と考えられる。すなわち、この三種は、地球上で最も高度に進化した〝知性〟を持った存在だ、と言うことができる。実際、この三種の誕生からの成長過程はほぼ同じで、あらゆる動物の中で最も遅い。一歳は一歳、二歳は二歳、十五、六歳でほぼ一人前になり、寿命も六、七十歳から長寿の者で百歳まで生きる。本能だけで生きるのではなく、年長者から生きるためのさまざまな知恵を学ぶために、これだけゆっくりと成長するのだろう。

この点だけみると鯨と象と人は確かに似ている。しかし、誰の目にも明らかなように、人と他の二種とは何かが決定的に違っている。

現代人の中で鯨や象が自分たちに匹敵する〝知性〟を持った存在である、と素直に信じられる人は、まずほとんどいないだろう。それは、我々が、言葉や文字を生み出し、道具や機械をつくり、交通や通信手段を進歩させ、今やこの地球の全生命の未来を左右できるほどに科学技術を進歩させた、この能力を〝知性〟だと思い込んでいるからだ。

この点だけからみれば、自らは何も生産せず、自然が与えてくれるものだけを食べて生き、後は何もしないでいるようにみえる（実はそうではないのだが）鯨や象が、自分たちと対等の〝知性〟を持った存在とはとても思えないのは当然のことである。

しかし、六〇年代に入って、さまざまな動機から、鯨や象たちと深い付き合いをするようになった人たちの中から、この〝常識〟に対する疑問が生まれ始めた。

鯨や象は、人の〝知性〟とはまったく別種の〝知性〟を持っているのではないか？　あるいは、人の〝知性〟は、この地球《ガイア》に存在する大きな知性の、偏《かたよ》った一面の現われであり、もう一方の面に、鯨や象の〝知性〟が存在するのではないか？　という疑問である。

この疑問は、最初、水族館に捕えられたオルカ（シャチ）やイルカに芸を教えようとする調教師や医者、心理学者、その手伝いをした音楽家、鯨の脳に興味を持つ大脳生理学者たちの実体験から生まれた。

彼らが異口同音に言う言葉がある。それは、オルカやイルカは決して、ただ餌《えさ》がほしいがために本能的に芸をしているのではない、ということである。

彼らは捕われの身となった自分の状況を、はっきり認識している、という。そして、その状況を自ら受け入れると決意した時、初めて、自分とコミュニケーションしようとしている人間、さしあたっては調教師を喜ばせるために、そして自分自身もその状況の下で、精一杯生きることを楽しむために〝芸〟と呼ばれることを始めるのだ。水族館でオルカが見せてくれる〝芸〟のほとんどは、実は人間がオルカに強制的に教え込んだものではない。

オルカのほうが、人間が求めていることを正確に理解し、自分の持っている超高度な能力を、か弱い人間（調教師）のレベルに合わせて制御し、調整をしながら使っているからこそ可能になる〝芸〟なのだ。

たとえば、体長七メートルもある巨大なオルカが、狭いプールでちっぽけな人間を背ビレにつかまらせたまま猛スピードで泳ぎ、プールの端にくると、手綱の合図もなにもないのに自ら細心の注意を払って人間が落ちないようにスピードを落としてそのまま人間をプールサイドに立たせてやる。また、水中から、直立姿勢の人間を自分の鼻先に立たせたまま上昇し、その人間を空中に放り出しながら、その人間が決してプールサイドのコンクリートの上に投げ出されず、再び水中の安全な場所に落下するよう、スピード・高さ・方向などを三次元レベルで調整する。こんなことが果たして、ムチと飴《あめ》による人間の強制だけでできるだろうか。ましてオルカは水中にいる七メートルの巨体の持ち主なのだ。

そこには、人間の強制ではなく、明らかに、オルカ自身の意志と選択が働いている。

狭いプールに閉じ込められ、本来持っている超高度な能力の何万分の一も使えない苛酷《かこく》な状況に置かれながらも、自分が〝友〟として受け入れることを決意した人間を喜ばせ、そして自分も楽しむオルカの〝心〟があるからこそできることなのだ。

また、こんな話もある。

人間が彼らに何かを教えようとすると、彼らの理解能力は驚くべき速さだそうだけれども、同時に、彼らもまた人間に何かを教えようとする、というのだ。

フロリダの若い学者が、一頭の雌イルカに名前をつけ、それを発音させようと試みた。イルカと人間では声帯が大きく異なるので、なかなかうまくいかなかった。それでも、少しうまくいった時には、その学者は頭を上下にウンウンと振った。二人（一人と一頭か）の間では、その仕草が互いに了解した、という合図だった。何度も繰り返しているうちに、学者は、そのイルカが自分の名とは別のイルカ語のある音節を同時に繰り返し発音するのに気がついた。しかしそれが何を意味するのかはわからなかった。そしてある時、ハタと気づいた。「彼女は私にイルカ語の名前をつけ、それを私に発音せよ、と言っているのではないか」――そう思った彼は、必死でその発音を試みた。

自分でも少しうまくいったかな、と思った時、なんとその雌イルカは、ウンウンと頭を振り、とても嬉《うれ》しそうにプール中をはしゃぎまわったというのだ。

鯨や象が高度な〝知性〟を持っていることは、たぶん間違いない事実だ。

しかし、その〝知性〟は、科学技術を進歩させてきた人間の〝知性〟とは大きく違うものだ。人間の〝知性〟は、自分にとっての外界、大きく言えば自然をコントロールし、意のままに支配しようとする、いわば「攻撃性」の〝知性〟だ。この「攻撃性」の〝知性〟をあまりにも進歩させてきた結果として、人間は大量殺戮《さつりく》や環境破壊を起こし、地球全体の生命を危機に陥れている。

これに対して鯨や象の持つ〝知性〟は、いわば「受容性」の知性、とでも呼べるものだ。彼らは、自然をコントロールしようなどとは一切思わず、その代わり、この自然の持つ無限に多様で複雑な営みを、できるだけ繊細に理解し、それに適応して生きるために、その高度な〝知性〟を使っている。

だからこそ彼らは、我々人類よりはるか以前から、あの大きなからだでこの地球に生きながらえてきたのだ。同じ地球に生まれながら、片面だけの〝知性〟を異常に進歩させてしまった我々人類は、今、もう一方の〝知性〟の持ち主である鯨や象たちからさまざまなことを学ぶことによって、真の意味の地球の知性に進化する必要がある、と私は思っている。

ラップランドの森から

一九九三年九月から撮影を開始する予定の『地球交響曲《ガイアシンフォニー》』第二番のシナリオハンティングのため、フィンランド北部ラップランドの森を歩いた。ラップランドはすでに北極圏に入っている地域で、真冬には気温が零下四十度にもなる。一日中太陽が姿を現わさない日もあり、冬は雪と氷と暗闇《くらやみ》の世界になる。その分、夏は正反対の世界となり、私が訪れた七月の末には、夜十二時を過ぎてもまだ日本の夕方六時ぐらいの明るさだった。ラップランドの森は、この夏のわずか数カ月の間に、あらゆる草木が一気に芽吹き、花開き、萌《も》えるような緑に包まれる。

冬の間、物音一つしない静寂の中で凍《い》てついていた湖や川の水たちもいっせいに動き始め、透き通るような奔流となって急峻《きゆうしゆん》な岩肌を流れ下る。動物たちは競って繁殖活動を始め、虫たちはいつまでも沈まない太陽の斜光の中で、黄金に輝きながら乱舞する。

ラップランドの夏の森は、まさにすべての生命によって奏でられる〝地球交響曲〟のコンサート会場といった雰囲気であった。もし、この森が本当のコンサート会場で、舞台と観客席がはっきりと分けられており、観客である私がゆったりと客席に腰を下ろしながら、舞台で奏でられるさまざまな生命たちのシンフォニーを安全に聴いていられるなら、こんなにも美しく心を弾ませてくれる音楽はなかっただろう。

しかし、ラップランドの森は、実はエアコンの効いた都会のコンサートホールではなく、真の野性が保たれている大自然である。撮影を目的として大自然の中に踏み入る時、私はいつも二つの矛盾した世界の上に立たされることになる。私は大自然の中でシンフォニーをともに奏でる演奏者の一人となるのか、それともそのシンフォニーに耳を傾ける観客の一人なのか。

ラップランドの夏の森に一歩足を踏み入れると、まず最初に出迎えてくれるのは、美しい若葉の緑でもなく、色鮮やかな草花でもなく、実はおびただしい数の蚊やブヨの大群なのだ。しかもその数としつこさは都会生活に馴《な》れた私たちの想像を絶するものがある。

森を案内してくれたフィンランド人のガイドの話によれば、ひと叩《たた》きで三十匹もの蚊をやっつけたことがある、というぐらいだ。その蚊やブヨが、顔といわず腕といわず、裸で外に出ているからだのあらゆる部分に襲いかかってくる。刺される痒《かゆ》さや痛さだけでなく、目や口、耳のまわりを絶え間なく飛びまわられることにまず神経がまいってしまう。

写真で見た風景の美しさに魅《ひ》かれてこの森にやって来る都会からの旅人たちは、まずこの洗礼を受けることになる。かっこいいリゾート用の半パンツやTシャツ姿の旅人は、この森の先住民たちの恰好《かっこう》の餌食《えじき》というわけだ。だから森に入る旅人は長袖《ながそで》、長ズボン、そして魚釣り用のビクを逆さにしたような蚊よけ帽子を被《かぶ》るのが鉄則となる。日本から持っていった虫よけスプレーなどはほとんど効きめがない。現地調達の塗り薬でようやく小一時間ぐらいのガードはできるが、たぶんその毒性は日本では許可されない強力なものだろうから、すぐさま匂《にお》いの強烈さで嗅覚《きゅうかく》が麻痺《まひ》してくるし、それを一日何回も肌に直接塗るということは当然自分のからだにもいいわけがない。それでも、純粋の旅人ならば、この恰好でなんとか安全な観客の立場を確保して森の散策を楽しむこともできるだろう。ところが私の立場はそうはいかない。まず第一に、ビクを逆さにしたような蚊よけ帽子を被っていたのでは撮影ができない。そして何よりも、このようないわばバリヤーを自分のからだの周囲に築いてしまうことは、森と対話する最も重要な回路を自ら閉じてしまうことになるからだ。森と対話する回路はもちろん視覚だけではない。いや、むしろ嗅覚・聴覚・皮膚感覚、そしてそれらの五感が解放された時の第六感みたいなものこそが最も重要になる。視覚の限られた鬱蒼《うっそう》とした森を歩いている時、前方の状況、風景の変化をまず最初に教えてくれるのは、風に乗って流れてくる匂いだ。

夢中で歩いている時、ふと顔をなでる風の方角や温度が変わる。はっと気づいてその風の中の匂いを嗅《か》ぐ。匂いの中に今までなかったかすかな新しい匂いがある。耳を澄ますと、樹々《きぎ》の葉ずれの音もわずかに変わってくる。さらに歩き続けると周囲の植生が少しずつ変化してくる。かすかにせせらぎのような音も聴こえ始める。そして視界をさえぎっていた小さな丘を越えると眼前に突然、キラキラと輝く湖が拡がる。足下にその湖に注ぐ小さな流れがある。丘の上に立つと、湖から吹き込んでくる湿気と冷たさを含んだ風が汗ばんだ皮膚をやさしくなでて通る。からだの内奥の何かが、今まで森の中を歩いて来た時の状態から一気に変化してゆくのがわかる。

水に出会った喜び。ふと水に話しかけたくなる。背後の森たちがそんな私を笑っている。苔《こけ》むした水辺の名も知らぬ小さな花が、「それでいいのよ」と小さくささやいている。そんな時、私は初めてこの森の〝美しさ〟を撮りたくなる。

映像はあくまで視覚の世界の産物である。映像の中に、匂いの変化や風の感触は直接は撮れない。だから撮影を目的として森に入る時には視覚さえ鋭敏であればそれでよいか、と言うとそうではない。

森の本当の美しさは、嗅覚・聴覚・触覚など五感のすべてが解放されてこそ初めて〝見え〟てくる。五感のすべてを解放し、全身で森と対話した時、初めて森は私を受け入れてくれる。多様な樹々、草花、虫たち、動物たち、風、匂い、光などすべてが深く関わり合って一つの大きな生命体として生きている森。森のすべての生命がそれぞれの役割をにないながら、ともに一つの生命のシンフォニーを奏でている。そこには安全に隔離された観客席はない。もし森が奏でるシンフォニーを聴きたいなら、どうしてもその演奏者の一員として、隅っこにでも加えてもらわなければならない。

　だから私は蚊よけ帽子を被らなかった。長袖・長ズボンに身を固めていたが、虫よけスプレーは最小限にとどめた。当然蚊たちの襲撃を受けた。最初はその痒さにとてもいら立った。これではとても五感の解放や森との対話などできそうにない。そんな思いさえした。しかし私には二年前のアマゾンの熱帯雨林での体験があった。森の生命力が最も盛んな時には、自分の生命力の一部分を捧《ささ》げない限り森は決して中に入れてくれない。自分の血を少しでも森の生命と分かち合う覚悟がなければ森には入れない。

　ラップランドの森の夏は短い。蚊たちはこの短い夏の間に必死で生きて子孫を残そうとしている。夏の森に侵入してきた私の肉体から血を吸いとろうとするのは森の自然の摂理そのものなのだ。私が感じる痒さもまた森が奏でるシンフォニーの楽音の一つなのかもしれない。そう思うと、刺された時の痒さは変わらないにしても、そのことに心乱されることからは少し解放されるような気がした。風や匂いや音に感覚を研ぎすます余裕も生まれた。

　八キロほど森を歩いた時、湖の側《そば》にサウナ小屋があった。フィンランドの森林省はなかなか粋《いき》なことをする。森の奥の水辺に誰でも自由に使えるサウナ小屋を設置している。燃料は森にいっぱいある倒木の幹や枝だ。先行したガイドが火を熾《おこ》しておいてくれた。汗ばんだ衣服を脱ぎ捨て一気に汗をかいた。充分に汗をかいた後、裸のまま湖に飛び込んだ。

もう後数カ月もすれば厚い氷に閉ざされてしまう湖の水には遠い冬の記憶があった。いや、来たるべき冬の予兆なのかもしれない。蚊に刺された痕《あと》が冷たい水に触れてとても心地よい。蚊に刺されることがなかったら、こんな心地よさは感じなかったかもしれない。蚊に刺されることによって鋭敏になった私の皮膚が、夏の湖の水の中から厳しい冬のかすかな予兆を聴いている。

裸の私を追ってきた蚊たちが目標を見失い、水面近くを舞っている。全身を脱力し水面近くに浮かびながら、斜光を受けてキラキラと光るこの小さな蚊たちを見ていると、さっきまでは憎き存在だった彼らが、やけに愛《いと》しく、はかなく思えてくる。私は冬の予兆を宿した冷たい水を彼らにぶっかけ追っ払ってから、裸のまま一気にサウナ小屋に駆け戻った。

森からの帰途、激しいスコールがきた。すると森の様子は一変した。さっきまで絶え間なくまとわりついていた蚊やブヨがあっという間に姿を消し、森は不気味な黒ずんだ静けさに包まれた。その姿は、明るい陽差《ひざ》しの中で緑豊かに輝いていた夏の森とはまったく違う姿だった。

森を出た時、雨がやんだ。ふり返ると森の上に二重の鮮やかな半円形の虹《にじ》がかかっていた。

彗星は生命のふるさと

八ケ岳のふもと、長野県南佐久郡《みなみさく》臼田町《うすだ》に住むアマチュア天文家の木内鶴彦《きうちつるひこ》さんは、この二年間に四つも新しい彗星《すいせい》を見つけてしまった。

これは実は大変なことらしい。

世界中には数千万人もの彗星探索家がいるという。この人たちが世界各地で毎晩、新しい彗星を発見しようと夜空を見つめ続けている。さらに、世界各地の天文台では、アマチュア天文家の天体望遠鏡とは桁違《けたちが》いの精度を持つ電波望遠鏡を駆使してプロの天文学者たちが夜空をにらんでいる。そんな中で、アマチュアの天文家が未発見の彗星を見つけるチャンスは、それこそ本当に星の数に一つもない。それを木内さんはたった一人で、わずか二年間に四つも見つけてしまったのだから、〝奇跡〟としか言いようのない確率の高さなのだ。木内さんには少々失礼な言い方にはなるが、田舎《いなか》町の一アマチュア天文家に、どうしてこんな〝奇跡〟的なことが可能になったのだろうか。木内さんに会ってインタビューを重ねるうちに、誰にも納得のゆく合理的説明は充分納得した上で、なおかつ、彼にはそんな〝合理性〟を越えた何かがあるような気がした。

一言で言えば、木内さんはやはり〝彗星を見つけるべく運命づけられた人〟なのだ。木内さんは、彗星を見つけることを、何か見えない大きな力によってやらされている。

こんなふうに書くと、私はいかにも「運命論者」に聞こえるかもしれない。しかしそうではない。木内さんは、この自分の「運命」、あるいは「使命」に、ある体験を通して明確に気づき、自分自身の意志でその「運命」「使命」を選びとったのだ。

彼は今「新しい彗星を発見すること」と「星を観《み》る喜びを多くの人たちと分かち合うこと」を自分の生涯の使命だと思っている。木内さんは、幼い頃から何度も「死」に遭遇し、二十代後半で一度、本当に「死」に、そして生き還《かえ》った人なのだ。

母が彼をみごもった時、すでに三人の子持ちだった父は、生活苦から堕《おろ》すように迫ったという。しかし母は頑強に抵抗し彼を産んだ。臨月の時、母は屋根から落ちて破水した。母体を救うか、赤ちゃんを救うか、という事態になったが、結局二人とも助かった。二歳の時、家の前の水路に落ちて流されたが、暗渠《あんきょ》に吸い込まれる寸前、虫の知らせで飛んで来た父が彼を救い上げた。

線路で汽車の音を聴いて遊んでいた時、下駄が線路にはさまって動けなくなり、そこへ列車が来た。見ていた叔母《おば》は、完全に彼がはねられたと思って、母に告げた。しかし彼は列車が通過する直前に何かの力ではね飛ばされ、かすり傷一つ負わなかった。

六歳の頃、姉と千曲《ちくま》川の土手を降りていた時、突然うしろから「あぶない！」という声がして振り返ると巨大な岩が転がり落ちてきた。瞬間、姉をつきとばして倒れ、助かった。その時誰が「あぶない！」と声をかけたのか、彼には長い間謎《なぞ》だった。それが後に誰であったかがわかることになる。さらに十歳の頃、氷の張った千曲川に友達が落ち、救おうとして飛び込んだ彼はその友達を抱えたまま氷の下を流された。白く光る天井に上がろうとするが、そこはいつも氷が張っていて息もできない。もうだめか、と思った時、一部黒くなっている天井があった。そこに向かって上がると、そこは氷が融けていてようやく彼と友人は助かったのだった。

一人の子供が成人する前に、こんなにもたびたび「死」に遭遇するというのも不思議な話だ。そして彼は成人した後、ついに本当の「死」に遭遇することになる。

航空自衛隊の誘導管制官として勤務している時のことだった。突然の、原因不明の「ポックリ死」が彼を襲った。担ぎ込まれた病院で手当ての甲斐《かい》もなく、ついに彼の呼吸と心臓は停止した。現代医学の判定基準から言えば、完全に死の宣告を受ける状態になって、三十分が経過した。普通、この状態になって三十分も経過すると確実に血液の凝固などが始まるそうだ。しかし幸運なことに、この時駆けつけた医師は、死の宣告をする代わりに、三十分間心臓マッサージを続けてくれた。そして、医学的にはまったく説明不能なまま、彼は再び息を吹き返したのだった。

木内さんはこの時の「臨死体験」を、きわめて冷静に詳しく私に話してくれた。

私は今、彼の「臨死体験」の内容そのものに深入りするつもりはない。ただ彼の話の中のおよそ八十パーセントは、最近の立花隆氏のレポートや、河合隼雄氏の著作にも述べられているように、臨死体験者すべてに共通する内容であり、さらに、科学的な説明は不可能だけれども、客観的には検証可能な事実もいくつかあった。たとえば、彼は、彼の死を聞いて病院に駆けつけようとする兄家族の車の中に行き、その車の中での兄一家の座った配置や、そこで交わされていた会話を聴いており、それは兄たちの話によって後に証明された事実だった。さらに彼は「死」の時間の中で自分の過去に旅した時、六歳の頃「あぶない！」と叫んで岩が落ちてくるのを自分に知らせたのは、他ならぬ自分自身だったということを知った。この彼の話が事実か否かと詮索《せんさく》することには私はさほど興味はない。また事実か否かを証明するのもかなり困難なことだろう。

ただ私は、「みなさんも必ずいつか体験されることですから」と控え目に語る彼の誠実な態度には大変好感が持てるし、少なくとも彼にとっては、この体験は「事実」なのだと思う。そして何より私が深く共感するのは、こちらの世界に還ってから始めた彼の活動、生き方、自然観、生命観だ。彼は今、望遠鏡を通して初めて宇宙の星々を観た時の感動を、可能な限り多くの人に体験してもらうための奉仕活動を続けている。私は、この十月に佐久市の小学校で開かれた「星を観る会」に立ち会ったのだが、天体望遠鏡を通して初めて土星の輪を肉眼で観た子供たちやお母さん方の歓喜する姿には、心から感動した。

彼は、この感動こそが、今私たちが見失いかけているいちばん大切なものを思い出させてくれる、と信じている。現代の私たちは土星に輪があることぐらいは誰でも知っている。しかしそれは、単なる知識にすぎない。

知識として知っている、ということと、感動とともに体験する、ということとは、何かが決定的に違っている。肉眼で初めて土星の輪を観た時、すなわち感動とともにそれを体験した時、人は誰でも、この宇宙の壮大な広がり、無限の時間、そして、その美しさを実感できるようになる。この実感が、宇宙的な視野から自分自身を見直す眼を、無意識のうちに与えてくれる。

自分の肉体はこの地球上にいながら、広大な宇宙を旅し、宇宙の彼方《かなた》からこの地球に生きる自分自身を観る体感を与えてくれるのだ。こんなとき人は、自分が宇宙の大きな生命の一部分であり、それは永遠に続いており、そしてこの地球上のすべての生命がひとつながりのものだ、ということを思い出すはずだ、と木内さんは言う。

「死」の時間の中にいた時、彼は過去にも旅をしたが、未来にも旅したという。ただ、この世界に戻った瞬間、過去のことはよく覚えているのだが、未来で観たものはなぜかぽんやりとしてしまった。

そして、ある確信のようなものだけが残った。

自分の使命は、今生きているこの現実の中で「彗星を探し続けること」と「その喜びをできるだけ多くの人々と分かち合うこと」。

地球上のすべての生命の起源は彗星にあった、と木内さんは確信している。彗星の中にすでに存在した原初生命が、地球に接近遭遇したとき降り注ぎ、進化したのが、今の我々すべての生命の祖先だ、と言う。

だとすれば木内さんの彗星探しは、我々のふるさと探しなのかもしれない。

オルカが話しかけて来た

「真冬にオルカに会うのは、よほど幸運がない限り難しいし、まして一週間足らずの滞在だと、さすがの僕もダイジョウブとは言えないけれど、どうする?」

東京から、カナダの沿岸警備隊の無線を経て電話をした時の、スポング博士の最初の答えだった。

スポング博士は、カナダ・ブリティッシュコロンビアの小さな無人島に野生のオルカ(シャチ)の研究室をつくってもう二十年になる私の友人で、一九九二年の年末からお正月にかけて放送された『ゆく年くる年』の番組で、スポング博士の生き方を紹介することになり、十一月に入って、彼に緊急で電話をしたのだ。昨年の夏に、六年ぶりでハンソン島を訪ね、その時にはたくさんのオルカたちと再会し、素晴らしい時を過ごした。しかし、さすがの私も真冬にオルカに会ったことはない。

一瞬、私も不安になった。しかし、この番組はスポング博士の自然との付き合い方を紹介するのが目的だし、もしオルカに会えなかったとしても、数年前の夏に撮影した映像がいくらかはある。最悪の場合はその映像を使えばいい。そんな現実的な計算もした上で、私はいつもの私のやり方、すなわち「絶対にダイジョウブ、オルカは必ず来てくれる。オルカにはこの〝想い〟が必ず通じる。今私たち人類とオルカたちとがコミュニケーションできる方法はこの〝想い〟だけなのだから」と、自分の心を切り換えたのだった。

本気で想い、本気で念ずる。そうすれば、〝想い〟は必ず通じるし、もし仮に、現実が想ったとおりの形で実現しなくとも、その〝想い〟を表現する別の道が必ず生まれる。これが私の長年ドキュメンタリーをつくってきた上で得た〝哲学〟なのだ。〝想い〟どおりにつくりたいばかりに、安易にやらせを行ったり、金で事実をつくり上げたりしているうちに（幸い私にはいつも金がないのでこの方法はほとんど採れないけれど）、いつの間にか、作り手自身の魂が萎《な》え、鈍感になる。それに、自然は多少の金や知恵でコントロールできるほど貧しくはない。というわけで私は、「必ずオルカに会える」と想って冬のブリティッシュコロンビアの無人島ハンソン島に向かった。

ハンソン島の対岸、バンクーバー島の北の端までは飛行機と車で行くことができる。しかし、そこから先は、スポング博士に船で迎えに来てもらうしか方法がない。無線で到着を知らせた後、バンクーバー島のテレグラフ・コーブと呼ばれる小さな入江でスポング博士の迎えを待った。夏の間はホエール・ウォッチングの客でにぎわい、小さな店も開いていたテレグラフ・コーブに、今はほとんど人影もない。さすがに冬の北の海の風景は寂しい。やはりオルカに会うのは無理かな、そんな〝想い〟が頭をよぎる。二時間ほど待って、スポング博士のなつかしい小船が見えた。彼はもう二十年も、手作りのこの船で文明と自然の間を往来している。一週間分の食料や撮影機材を小船いっぱいに積み込んだ後、入江を出た。

「夏の時には、入江を出たとたんにオルカたちに会ったね」

私を力づけるようにスポング博士が言った。

「そう、オルカはいつも私たちが来るのを知っていて出迎えてくれるんだよ」

私はまったく冗談のつもりでそう答えた。

海が少し荒れていたので、私たちはいつものハンソン島への最短コースをとらず、島陰づたいの遠回りのコースをとることにした。船の方向転換を終えてものの数分もしないうちに、スポング博士が叫んだ。

「オルカだよ、ジン、やっぱり来たよ」

暗緑色に沈むバンクーバー島の森を背景に、数条の白い細長い霧が流れている。オルカの潮吹きだ。冬の斜光がその霧を輝かせ、おかげで、はるか彼方《かなた》から彼らの存在がわかるのだ。

私とスポング博士は、ただ顔を見合わせて大笑いした。またこんなことが起こってしまった。到着の初日、しかもまだ目的地ハンソン島に着く前に私たちはオルカの群れに会うことができたのだ。まさか、とは思いつつも私はカメラマンにカメラの用意だけはさせていた。

「道中で必ずオルカに会うから、カメラだけは出しておけよ」と言った私の言葉を半分は冗談だと思っていたカメラマンは、その冗談が本当になってしまったので喜びが倍加されたようだった。心の喜びとともに撮影された映像は必ずその喜びを写している。初日から素晴らしい画が撮れた。

やって来たのは、A12ポッド（家族の単位）、サンディエゴの水族館に捕えられているコーキーの家族たちだった。これもまた本当に不思議な偶然だった。スポング博士は今、このコーキーを海にかえす活動を始めている。夏に訪ねたとき彼からこの話を聴いていた私は、今回の取材でコーキーの話を詳しく聴こうと思っていた。そのコーキーのお母さんや兄弟たちがやって来たのだ。この日からハンソン島滞在の一週間の間に、私たちは四回もコーキーの家族たちに接触した。

コーキーは二十三年前、推定五歳の頃、ここブリティッシュコロンビアの海で捕えられ、水族館に送られた（今はオルカの捕獲は禁じられている）。普通、水族館に捕えられたオルカの平均寿命は十年、コーキーは今世界でいちばん長く水族館で生きているオルカだ。推定年齢二十八歳、水族館の狭いプールですでに二十三年も生きてきたコーキーは、最近特に衰えを見せ始めているという。ところが、海の自然の中で生きるオルカの平均寿命は五十――六十歳ぐらい、長生きした例では八十歳を越えたものもいる。地球上に生きる哺乳《ほにゅう》動物のうち、鯨《くじら》と象と人間だけが、ほぼ同じ平均寿命を持ち、ほぼ同じ成長年齢を示す（過去百年ほどの医学の進歩によって、人間だけが平均寿命を延ばしてはいるが……）。ということは、コーキーは、もし自然の中で生きていれば、まだ若い二十代後半の女性なのだ。そのコーキーに死が迫っている。手遅れになる前にコーキーを家族のもとにかえしてやりたい、というのがスポング博士の願いなのだ。

どうして捕えられたオルカの寿命が野生のオルカの三分の一から四分の一ほどになってしまうのだろうか。それは、生まれて数年の人間の幼児を母親から切り離し、狭い監獄に閉じ込めて生涯を過ごさせればどうなるかを想像すれば容易にわかることだろう。オルカは、人間に匹敵するほどの大きく深いシワの刻まれた大脳を持っている。彼らは、人間とは別種の高度な〝知性〟を持っている。この〝知性〟がどういうものかは、これまでにも何度か書いたので詳説は省くが、少なくとも彼らは我々と同じような複雑な心の動き、感情を持っている。だからこそ彼らは、水族館で一番の人気者になるのだ。さらに彼らは自然の海では一日百キロ、二百キロの範囲を回遊しながら生きている。体長七メートル体重五トンにもなる彼らを、縦横せいぜい数十メートルのプールに閉じ込めておくことが何を意味するかは説明の必要もないだろう。

そして、最も大きな問題は〝音〟だ。

光があまり届かない海の中で、オルカは〝音〟で世界を判断し、理解している。彼らの

〝音〟に関する能力は、人間の何万倍もある。スポング博士の研究室にいると、海中に仕込まれたマイクロホンから二十四時間、彼らのおしゃべりや歌声が聴こえてくる。その複雑さ、多様さは、誰が聴いても感動し、何をしゃべっているのか知りたくなる。しかし我々の耳に聴こえるおしゃべりや歌声は、彼らが使っている〝音〟のほんの一部分だ。彼らは我々人間の耳にはまったく聴こえない低周波から高周波までを使って遠距離通信をしている。彼らは、わずか三頭だけで、地球を一周する交信ができるとも言われている。

さらに彼らは〝音〟で世界を観《み》ることができる。ちょうど潜水艦のソナーのように頭頂部（おでこのところ）から音波を出し、そのはね返りをキャッチして映像として観るのだ。しかも彼らはわずか一秒間に三百回もその周波数を変動させることができる。こんなにコンピューターの進歩した時代でも、我々はこれほど精密なソナーは持っていない。この周波数変動によってオルカは、眼では見えないはるか遠くのものを、細密な立体画像として観ることができる。さらにものの表面や形を観ているだけではなく、レントゲン写真のように内部の組成まで観ることができるのだ。

オルカにとって〝音〟は、生きてゆく上で最も大切なものなのだ。そのオルカを狭いコンクリートに囲まれたタンクに閉じ込め、生きてゆく上で必要な一切の音を遮断してしまえば、当然、その生命力は衰え、寿命が三分の一から四分の一ほどになってしまうのだ。スポング博士がコーキーを、手遅れになる前に海にかえしてやりたい、と思っているのは、オルカに関するこのような〝知識〟と、彼らの命を、我々人間の命とまったく同等のものと考える生命観・自然観から生まれている。

ハンソン島に滞在中、大嵐で一歩も外に出ることのできなかった一日を除いて、コーキーの家族たちは毎日やって来た。そのおかげで、我々はコーキーの一族に、もう一頭赤ちゃんが生まれたことを知ることができた。コーキーの従妹《いとこ》の子どもで、まだ生まれて二カ月だった。コーキー自身は水族館で今まで七回も妊娠した。しかし三回は死産、四回は生きて産まれたが、いちばん長く生きた赤ちゃんでわずか四十五日、育った子どもは一頭もいない。もし、人間の女性でこのような体験をした人がいたとすると、どんな気持ちだろうか。

ハンソン島を去る前日、海から呼びかけてくるコーキー一族の声を聴いてもう一度海に出た。コーキーの一族が近づいてきた。スポング博士はエンジン音を最低にして、静かに船を進めた。コーキーの兄弟や、めい、おいたちが次々に船のまわりに集まって来た。コーキーのお母さんも、二十メートルほどの距離で船と並行しながら泳いでいる。そのうち、船べりに座っている私が手を伸ばせば触れるほどの近さにまで若者たちが近づいてきて、何度も何度も顔を出した。私は、彼らが吹き上げる潮の洗礼を何度も浴びた。少し生臭い、生きているものの匂《にお》いがした。

「彼らがこんなに近くに来て、長時間一緒にいることは、私の体験の中でも初めてだよ」

スポング博士が少し興奮気味に話した。

一頭の若者が、船の背後からゆっくりと近づいて海面に顔を出した。船尾の船べりにしゃがんでいた私と正面から顔を見合わせる形になった。距離はわずか一メートル、彼（彼女？）は、はっきりと私の眼を見ていた。そして、突然、鋭い声で何か言った。「キュッ、キュッ、キュッ、チューン」というような声だった。

私は今まで、水中マイクロホンを通して彼らの声をたくさん聞いていた。しかし、空気中で、彼らから直接話しかけられたのは本当に初めての経験だった。一瞬、何か熱い閃光《せんこう》のようなものが背骨のあたりを走り抜けたような気がした。

彼（彼女？）が私に何を話しかけたのか、もちろん私にはわからない。しかし、その時私の心にコーキーのことが浮かんだ。コーキーはもう二十三年も狭いプールの生活に耐えて、人間の子どもたちを喜ばせ、楽しませてくれた。そして、ある意味では、オルカがどれほど豊かな〝知性〟と〝感情〟を持った動物であるかを教えてくれた。人間が動物を捕えて観察する時代はもうそろそろ終わりにきている。これからは、人間の方から彼らの世界を訪れ、彼らの生き方を尊重し、彼らがどれほど豊かな知恵で自然とともに生きているかを〝学ぶ〟時代にきている。私に話しかけてきたあのオルカの若者は、そのことを言いたかったのだ、と私は思うことにした。

共時性《シンクロニシティ》

アフリカの南部のナミビアに、砂漠に適応して生きている象の群れがいる、という。

象は陸上に生きる哺乳《ほにゆう》動物の中で最も大きなからだを持ち、生きてゆくのに最も多くの水と食物を必要とする生き物だ。その象がどうしてわざわざ、水も食べ物も少ない苛酷《かこく》な砂漠を選んで生きているのだろうか。どうしてもこの砂漠の象に会いたいと思った。

一九九一年五月、あるテレビ番組でナミビアの取材を依頼された時、私はこの砂漠象の撮影を強引にスケジュールの中に入れてもらった。しかしこの撮影は最初から大きなリスクがあった。ケニアのサバンナにいる象たちと違って、この砂漠象はきわめて頭数が少ない。資源の乏しい広大な砂漠地帯の少数の群れが、一日平均二十五キロも移動しながら生きているのだから、会えるチャンスはめったにない、というのだ。しかもこの時の旅は、ナミビアからボツアナにかけて延べ八千キロをジープで走破しながら、ブッシュマンの人々の生活や砂漠の動植物を撮影するものだったので、一カ所に長期逗留《とうりゆう》することはできない。象たちに会えるかもしれない砂漠地帯にとどまれる日数はわずか四日間ということになった。頼りは、この地帯を知りつくし、長年砂漠象を観察し続けている自然保護官にガイドしてもらうことだけだった。

　ナミビアの首都、ウィントフークから無線でこの自然保護官に連絡し、六月十日、この砂漠地帯の唯一のロッジで落ち合う約束にした。このロッジにはもちろん有線電話はなく、いくつかの無線基地を経てようやく連絡がとれるだけだから、首都を出てからロッジに連絡をとることはできなかった。二週間の砂漠地帯の旅を経て、私たちはようやくこのロッジに到着した。ところが着いてみると、その自然保護官がいないのだ。ロッジの主人の話によると、ここから数百キロ離れた遊牧民の部落で、北上してきたライオンが家畜を襲い、その騒動の処理のために出かけてしまったというのだ。

　自然保護官はいつ戻って来るかわからない。四日間の滞在日数を延ばすこともできない。道もわからぬ砂漠地帯で、数百キロの範囲に二百頭足らずしかいない、と言われている象に会える可能性はほとんどない。こんな事態に直面した時、普通は途方に暮れ、心配で胃が痛くなったりするのだろうが、実は私は、その正反対の反応を起こす。心が沸き立ち、急に楽しくなってくるのだ。自分の意志や予測をはるかに越えた〝運命〟とも思える状況に直面した時こそ、新しいアイディアが生まれるのだ。

　まず私は〝自然保護官の案内なしでも必ず象に会える〟と本気で想う。〝会いたい〟という想いでからだが熱くなってしまうほどに象のことを想うのだ。これまでの数々の体験から私は〝想う〟ことが単なる絵空事ではなく、まだ我々が科学的な方法では理解していない何らかの仕組みで〝想う相手〟に通ずると確信している。特に象や鯨《くじら》のように我々とは異質の高度な〝精神作用〟＝〝知性〟を持つ動物にはよく通ずると思っている。

この〝熱い想い〟を昂《たか》めると同時に、もう一方で、ある冷静な計算をする。

もし仮にこの限られた時間に象に会えなかったとしても、〝会えた〟時よりももっとワクワクするような、感動的な面白い作品がつくれるかもしれない。いや、そんな方法が必ずあるはずだ。〝象に会いたい〟という熱い想いと、いま自分たちが持っている知恵と情熱を最大限に発揮しながら象を探し求めるプロセスを描けば、〝会えなかった〟という事実は、ひょっとすると〝会えた〟時よりも砂漠象の真実をよりリアルに表現できるのではないか。そう思った私はまず、砂漠象を探し求める、という行動そのものを撮影することにした。

具体的には象たちの糞《ふん》や足跡、食事の跡などを見つけ、それを分析し、見えない象の群れを追跡するのだ。幸いにも私は、ケニアのダフニー・シェルドリックに教えられた、象に関するある程度の知識を持っている。同行したレポーターS氏は、野生の動植物に深い造詣《ぞうけい》を持った作家である。さらに運転手のJさんは、砂漠象こそ知らないが、アフリカの自然を知りつくしたガイドでもある。この三人が知恵を絞れば糞や足跡ぐらいは見つけられるだろう。

翌朝、まだ陽《ひ》も昇らぬ時間に私たちは砂漠地帯をめざして出発した。

象の糞は運転手Jさんの豊かな経験によって意外に早く発見できた。現代人の我々は糞を単なる汚物と思って忌み嫌うが、実は糞ほどその元の持ち主のことを詳しく教えてくれる豊かな情報源はないのだ。まず、その乾き具合によって何日前に象がここを通ったかがわかる。たとえば外も中も完全に白く乾き切っているのは十日以上前、外は固くなり始めているが、指を中に入れてみると温かさが感じられるのは数日前、といった具合だ。さらにその中味によって彼らが何を食べているかがよくわかる。象は実は食べたもののおよそ七十パーセントは消化せずにそのまま外へ出してしまう、という大変効率の悪い消化システムを持っている。したがって糞の内容物から比較的容易に食べた植物の種類を特定することができる。

砂漠象はサバンナ象にくらべて食べる量がかなり少ないようだ。それでいてどうしてあの巨体を維持できるのだろうか。砂漠象はサバンナ象よりも総じてからだが大きいのだ(正確には足が長い)。それは砂漠の植物がサバンナの植物よりもずっと栄養価が高いからだ。ミネラルの量は何倍もあるという。

砂漠の環境は植物にとっても確かに苛酷である。砂漠で生きることのできる植物は少ない。しかし、その砂漠で生きることができるようになった植物は、実はものすごく生命力が強い。水をたくさん体内に蓄えて長期の乾燥に耐える力を持っている。砂漠の植物の中には、発芽してから三千年も生き永らえるウェルウィッチャー（和名「奇想天外」）と呼ばれる〝草〟さえあるのだ。しかも砂漠の植物は日中の苛酷な環境から身を守るため、地中深く潜っているものも多い。表面からはほとんど見えないその植物の存在を象たちは鋭敏な鼻で発見し、その大きな足と牙《きば》で掘り出して、最も栄養価の高いほんの数センチほどの部分だけを食べるのだ。糞探しの途中、私たちもこの象の掘った穴を発見したが、その穴の大きさ、すなわち掘り出すために彼らが費やした努力の大きさと、食べ方の繊細さのアンバランスの中に、砂漠象の生き方をみる思いがした。いずれにしろ、砂漠地帯で発見した象の糞を囲んで大の男三人がこんなことを語り合うシーンはユーモアもあり、なかなかよいシーンになったと思う。

さらに捜索を続けるうちについに足跡を発見した。足跡もまたそれを読みとる力さえあれば素晴らしい情報源となる。ブッシュマンの狩人《かりうど》たちは、動物の足跡を見ただけで、その種類はもちろんのこと、そこを通過した日時や、その動物の体重や性別、年齢、時には精神状態までもわかるのだ、という。私たちが発見したのは数頭分の巨大な足跡といくつかの小さな足跡、赤ちゃん連れの群れのものらしい。大きい方の足跡を計ってみると直径が五十センチ近くもある。砂漠象は他のどの地域に棲《す》む象よりも足が大きく長いという。これは永年にわたって崩れやすい砂丘や砂地の上を歩くうちに、その環境に適応した足になったのだそうだ。急峻《きゅうしゅん》な砂丘の斜面を足をつっぱりながら、まるでスキーでもするように滑り下りてくる象の姿を見たことがある、という話も聞いた。足跡を見つけたことで私たちの追跡への情熱はますます高まった。何日前に通ったかを読みとるだけの力は我々にはなかったが、その足跡の向かう方向に車を進めた。こうして注意深く見てゆくと、幻の砂漠象の痕跡《こんせき》があちこちに見える。その痕跡を次々に撮影した。

しかし幻の砂漠象の姿は一向に見えない。日暮れ前にロッジに帰還するだけの時間を計算すると、もうそろそろ撮影をやめなければならない時刻になった。〝幻の砂漠象を探す〟という映像をつくるためのシーンは充分撮れた。私は帰還を決め、最後にレポーターのS氏が「象を探している」ということを示すわかりやすいワンカットを撮ることにした。小高い丘の上にジープをとめ、その屋根の上に登ったS氏が双眼鏡であたりを探す、というワンカットだ。これは構成上必要な、いわばやらせのカットだ。しかしS氏は役者ではない。変に頑張って芝居されたりするとかえっておかしくなる。そこで私はS氏に言った。

「Sさん、本気で象を探してください。本気で探せば本当に見つかるかもしれない。ぼくには何かそんな予感がするんですよ」

こう言った時の私の気持ちは、半分はS氏を激励するつもりであり、もう半分は例の〝念ずれば通ずる〟という想いだった。車からはるか離れた所にカメラをすえ、望遠レンズでS氏をねらい、「ヨーイ、スタート」の合図をかけた。S氏が双眼鏡をゆっくりと左から右へ移動してゆく。

突然、S氏が双眼鏡から眼を離し肉眼で遠くを見つめ、そして再び双眼鏡に眼をあてた。

「ウン、なかなかいい〝演技〟だ、Sさんもやるもんだな」そう思った時、Sさんが再び双眼鏡を離し、カメラの側《そば》にいる私に向かって大声で叫んだ。

「ジンさん！　俺《おれ》、象を見たような気がする、錯覚かなあ」

私はもうカメラをまわすのも忘れ、車のとめてある丘に向かって一気に駆け上りながら叫んだ。

「Sさん、絶対に錯覚じゃないよ、もう一度ゆっくり確認してくれ！」

本当に象がいたのだ。

双眼鏡で見てもほとんど小さな点ぐらいにしか見えない距離だったけれども、七、八頭の群れで子象も何頭かいるようだった。この距離だと、仮に運よく群れに近づくことができても、日没前にロッジには帰れなくなる。それはこの地域のルールを破ることになる。しかし、私は迷わず象の群れを追跡することにした。それは、生後三週間ぐらいの赤ちゃんから三歳ぐらいの幼児までの子象五頭を連れた十二、三頭の雌の群れで、撮影には理想的だった。普通、子どもを連れた群れは危険だと言われるが、彼らは私たちにほとんど警戒心を示さず、かなりの距離に接近して撮影することを許してくれた。私たちは日没近くまで夢中でカメラを回した。おかげで撮影の初日に、自然保護官の助けもなしに、撮影目的のほとんどを達成してしまったのだ。

私はいつもこんな〝共時性《シンクロニシティ》〟に助けられている。〝共時性〟が起こった時、それを起こしてくれた見えない大きな力に心から感謝する。ただ、その〝共時性〟に頼っているわけではない。幻の象に向かって本気で「会いたい」と願う。「必ず出て来てくれる」と信ずる。しかし、もし限られた時、限られた場の中で会えなかったとしても、それにはたぶん、より積極的な「会えない」理由があるのだろうと考える。そこから、限られた現実を処理する無限の方法が生まれてくる。

そして、本当に〝共時性〟が起こった時、心の奥底から熱い感謝の気持ちだけが生まれてくるのだ。

三年ぶりのツァボ

三年ぶりでエレナに会いに行った。

エレナはアフリカ・ケニアのツァボ国立公園にいるメスのアフリカ象。エレナはもともと親を密猟者に殺された孤児だったが、ケニアの首都ナイロビで動物孤児院を運営する女性、ダフニー・シェルドリックに育てられ、十五年ほど前に野生に還《かえ》っていった。しかし、エレナは野生に還った後も育ての母であったダフニーとの親密な関係を保ち続け、ダフニーの手で三歳ぐらいまで育てられた象の孤児たちを次々に預かり、彼らが野生に還る手伝いをしている。

三年前、私は映画『地球交響曲《ガイアシンフォニー》』の撮影中、ツァボ国立公園の草原でエレナとダフニーの再会の場面を撮影した。この場面は映画『地球交響曲』の中で最も感動的なシーンになった。

撮影後、あっという間に月日がたち、一九九二年の大晦日《おおみそか》深夜から元日の早朝にかけて放映されたテレビ朝日系列の『ゆく年くる年』の中で、エレナと子象たちのその後を追うことになった。それで、再びケニアを訪れたのだ。

三年ぶりのケニアは、これが同じ場所か、と見紛《みまが》うほどに変わっていた。まず、ナイロビの動物孤児院にはもう一頭も子象たちはいなかった。三年前、七頭もいた子象たちはみな三歳半以上に成長し、野生に還る準備のため、ナイロビから四百キロ離れたエレナのいるツァボに送られていた。昨年、象牙《ぞうげ》の輸入禁止国際条約が成立して以来密猟も減り、幸いなことに新たな孤児は送られてきていない。

さらに驚いたのはツァボの変化だった。三年前に訪れた時には、季節が乾期の終わり頃だったせいもあって、公園全体の色あいが枯葉色をしており、緑はほんの少ししか見えなかった。さらにその半年ほど前には、動物たちの乾期の唯一の水場であるボイ河で六十五頭の象が機関銃で一度に殺される、という事件もあって、どこかに殺伐とした雰囲気が漂っていた。

ところが今回はまったく違っているのだ。まず、公園内に車を乗り入れたとたん、緑のあまりの豊かさに息をのんだ。ツァボ国立公園は四国ほどの広さがあるのだが、走れども走れども緑以外ほとんど見えない。しかもその緑色は我々が見慣れているような、やわらかい緑色ではなく、怖いほどの生命力をたたえた緑色なのだ。その緑の絨毯《じゅうたん》の間に青や黄色の原色の花々が咲き乱れ、小鳥が巣づくりをし、キリン、バッファロー、シマウマ、エランドなどさまざまな草食動物が次々と顔を出す。あまりにも多くの動物たちに出会い、そのつど車をとめて撮影していたため、公園のゲートを入ってからロッジにたどり着くまでに予定の倍以上の時間がかかってしまった。私はダフニーの運転するジープのフロントシートに座って、このあたりを一日中走りまわりながらほとんど一頭の動物にも会えなかった三年前の撮影のことを思い出していた。「今はすべての生命が甦《よみがえ》る祝福の季節なのよ」と語ってくれたダフニーの言葉が鮮烈だった。

ツァボに到着した翌日、まず子象たちに会った。予想していたとはいえ、その成長ぶりには驚いた。三年前には背丈一メートルにも満たなかった子象たちが、今は私の背を越えるほどに成長している。三年前何度もキスしたことのあるマライカ（三歳半）がまた最初に私のところに来てキスしてくれた。キスとは、象の鼻先と私の口を合わせ、そこに私の息を吹き込むことで、人間よりはるかに優れた嗅覚《きゅうかく》を持つ象はその記憶を決して忘れないという。マライカは確かに私のことを覚えていたと思う。

五歳半になるオルメグを筆頭にした七頭の孤児たちは今、日中をほとんど野生の自然の中で過ごしている。エレナも昼間はしばしば孤児たちのところに来てともに過ごしている、という。またエレナだけでなく、比較的人間嫌いではないリーダーを持つ他の野生のグループも時々孤児たちと接触し、そのグループの子象たちからさまざまなことを学び修業している最中なのだ。ただ、夜だけは人間がガードしてくれるストック・ヤードに戻っている。今すでに三頭の孤児を育てているエレナが一人であと七頭、合計十頭の子象を夜のライオンの攻撃から守るのは無理だし、またゼロ歳から人間に育てられ、野生の記憶がほとんどない孤児たちが、ある日から突然野生の自然の中で夜を過ごすのも少々無理な話だからだ。

子象たちに会った後、エレナ探しを始めた。まず、ダフニーの三十年来の友人であり、ツァボ国立公園内に住んで、二歳の頃からエレナを撮影し続けている映画監督サイモン・トレバーに会ってエレナの消息を尋ねた。サイモンは、もう三週間以上エレナを見ていない、と言う。この季節、象たちは大きな群れをつくりつつあり、エレナもたぶんその群れの中にいるだろう、ということだった。さらに、エレナは生涯で初めて、親しいオスの友人ができたのではないか、という話も聞いた。

この日からツァボに滞在した一週間、私たちはエレナを探してあちこちを走りまわった。三年前、エレナと再会したボイ河近くにも行ってみた。そこで、はるか遠くにエレナとそっくりの象の群れを見た。双眼鏡でのぞいたダフニー自身が、エレナかもしれない、と言った。しかし遠すぎて確認できず、また沼地にはばまれて近づくことができなかった。ただ日に日に象の群れに会う回数が多くなった。そして、滞在最後の日の前日、私たちは車の前方にこれまで見たこともないほどの大群を見た。

数百頭はいるだろうか、車を徐行させながら、その大群にゆっくりと近づいた。夢中で撮影しながら、私はふと不思議な気配を感じてうしろをふり返った。するとどうだろう、私たちの後方から、前方の群れよりもさらに大勢の象たちが、ゆっくりと静かに近づいて来る。そのうち今度は左右のブッシュの中から、次々とまた別の象の群れが洪水のように湧《わ》き出してくる。いつの間にか私たちは千頭を越える象の群れのまっただ中にいたのだ。これではもうエレナを探すどころではない。「象のお正月（祭り）です」、三十年以上も象との付き合いがあるダフニーまでが興奮気味に話してくれた。

象の社会では、その理由はわかっていないが、一年に一度大集合する日がある。水と食べ物が最も豊かな季節に、身の危険がない場所でその大集会が開かれる。普段は小さな家族単位の群れで何百マイルにも拡がって行動している象たちが、どのような方法で連絡をとり合い、誰が集合場所を決めるのかはわからないが、ある日、ある場所に大集合して大集会を開くのだ。私は六年前、カナダ・ブリティッシュコロンビアの海で鯨《くじら》たちの一年に一度の大集会に出会ったことがある。象と鯨にはまったく同じ習慣があるのだ。ブッシュの中から次々に現われてはまたブッシュの中に消えてゆく象たちを見ながら、私は初詣《はつもうで》客でにぎわう明治神宮の境内を思った。

ツァボに滞在した一週間の間に、私たちはついにエレナに直接会うことはできなかった。そのことについてダフニーはこう語った。

「エレナに会えなかったことは、むしろ素晴らしいことなんです。エレナは今、完全に野生の群れの中に溶け込み、生涯でいちばん幸せな時を過ごしています。密猟が激しかった時には、やはり、人間と親しいエレナは象の社会では多少奇異の眼で見られていたし、エレナにとっては、それは辛《つら》いことだったに違いありません。でも、ここ二年間は密猟もほとんどなくなり、象たちの人間への不信感や心の傷も少しずつ薄らいできています。そして、この数十年ぶりの豊かな水と緑、エレナは今本当に幸せなのだと思っています」

「エレナに何か変化があったと思いますか？」と私は尋ねた。ダフニーはふと目を遠くにやり、やさしい眼差《まなざ》しで答えた。

「エレナはこの春、妊娠したような気がするの、これは私の女としての直感なんだけど」

そして、すこし間をおいてこう付け加えた。

「別れ方を知ること、これが、私が野生動物を育ててきて学んだ最も大切なことです」

ダフニーは、死をも含めた数多くの別れを知っている。ダフニーの表情には、生と死、喜びと悲しみを含めた、豊かな生命への愛《いとお》しさがあふれていた。

私は、二年後にエレナは必ず自分自身の子どもを連れてダフニーに会いに帰ってくる、と確信している。その時がまた、私にとってフィルムをまわす時なのかもしれない。

オープン・ユア・マインド

〃内なる自然〃と〃外なる自然〃

「からだの〃から〃は、カラッポの〃カラ〃、エネルギーの通り道、路上駐車はしないように！」

有名な野口体操の創始者野口三千三《みちぞう》さんの名言である。これは単なる語呂《ごろ》合わせではない。日本語はもともと、音から生まれたコトバが長い間受け継がれてきて、後に中国から漢字が渡来して、もとからあったコトバに当てはめられて現代に至っている。したがって現代の我々は〃からだ〃という言葉と〃空《カラ》〃という言葉はまったく違うものとして認識している。しかし、同じ〃カラ〃という音を持つ二つの言葉に、大昔の我々の祖先はある共通点を見出していたのだ。

一見、ものがいっぱいに詰まっているように思えるからだの本質が実は空《カラ》であることを偉大な祖先たちは知っていたのだ。からだは閉じられた物体ではなく、宇宙的な生命力（エネルギー）が一時とどまり、通り過ぎてゆく通り道なのだ。

このことを、観念としてではなく、まさにからだで実感したことがあった。もう二十年近く前、アフガニスタンの砂漠地帯で、この地方に残されたある伝説を取材している時のことであった。

砂漠地帯では、白昼の気温が五十度を越えることがしばしばある。温暖な地帯に住む我々には想像もつかない暑さだ。出発前に、ジープのバンパーの上で目玉焼きができる、という冗談のような話を聞いていた。それが実際にやってみて本当だったのだから驚いた。

こんな砂漠地帯では、人間の住める場所は、点在するオアシスの中だけだ。そして、一つのオアシスから次のオアシスまで数百キロの一本道が延々と続く。ひとたび砂漠地帯に入ると、太陽を遮るものは一切なく、カーブもない一本道を走るわけだから、その太陽が頭上のある一点にとまったままで、同じ方角からガンガンと照りつけてくる。まるで、太陽の熱線が頭蓋骨《ずがいこつ》をつき抜け、中の脳みそが直接鉄板焼きにされているような熱さなのだ。

最初のうち、スタッフ全員がなんとかこの太陽の拷問から逃れようとしてあがいていた。ある者は車の窓にボール紙を貼《は》りつけ、その影の中に入ろうとしてからだを無理な姿勢に曲げたままで座り、またある者は、現地ガイドが止めるのも聞かず、積み込んだクーラーボックスの中から次々と冷やしたコーラを出しては飲み続けていた。

私は、撮影の移動時には必ず車のフロントシートに座る。それは、一つには移動中に突然出会うかもしれない珍しい風景を見逃さないためであり、もう一つには、運転手の居眠りを防止するためである。ところが、このフロントシートがまた最も苛酷《かこく》な場所なのだ。もちろんボール紙で目隠しするわけにはいかないし、サイドの窓も覆ってしまうと、風景が見えない。普段なら、開け放った窓からスピードに応じて風が入り、少しは暑さを和らげてくれるのだが、アフガニスタンの砂漠の暑さは半端ではない。窓から入ってくる風がまた、ドライヤーの風をそのまま顔面に吹きつけているように熱いのだ。

この暑さから逃れる手段はまったくない。

よし！　それならいっそ自分の心を一大転換して、この暑さと仲良くなってやろう。この暑さこそ、砂漠が私に送ってくるメッセージなのかもしれない。このメッセージを、からだの全感覚を開いて受け止めることこそ、砂漠と付き合う第一歩なのかもしれない。そう思い直すと、なぜかからだが少し楽になった。私は、後部座席で冷たい飲物を飲み続けるスタッフに多少のうらやましさを感じながらも、できる限りガマンして旅を続けた。

オアシスに着いた。そこには現地の旅人たちが必ず立ち寄る茶店があった。旅人たちが車座になって熱い紅茶を飲んでいた。灼熱《しゃくねつ》の砂漠を旅してきてようやくたどり着いたオアシスで、どうしてまた、熱い紅茶を飲むのだろう。オアシスには冷たい清水の流れる小川もあるし、近くの寺院《モスク》には井戸もある。それなのにわざわざ熱い紅茶を飲むこの風習を奇妙に思ったのだが、「郷に入れば郷に従え」という格言もある。私は男たちの輪の中に座って紅茶を注文した。

紅茶といっても我々が普段飲んでいるようなシャレたものではない。まず、ぶ厚いガラスコップの底にザラ目砂糖を一センチ近くも入れ、その上から熱湯とミルクで煮出した濃い紅茶を注ぐのだ。男たちの好奇の視線を感じながら一口飲んだ。口の中に強い香りが一気に拡がった。鋭く野性味にあふれた味だった。溶けた砂糖の甘さが何ともうまかった。すすめられるままに二杯目も飲んだ。

すると、私のからだの中に何か急激な変化が起こり始めた。全身から一気に汗がふき出してきたのだ。私は地獄の道中で、汗はもうすっかり出切っているものと思っていた。どこにこんなに汗が残っていたのだろうか。ふき出してゆく汗とともに、からだの中から何か〝重い〟ものがどんどん外へ運び出されてゆく。からだがしだいに軽やかになってゆく。それとともに心までが躍動し始める。

さっきまで耐えがたいと思っていた暑ささえ、心地よく思えてくる。外の世界から吹き込んできた〝風〟が私のからだの中を吹き抜けてまた、外へ出てゆく。自分のからだが砂漠の〝風〟の通り道になってしまったような、そんな気分だった。

その時、外で騒ぎ声が聞こえた。行ってみると、井戸の側《そば》でスタッフの一人が苦しそうにあえいでいる。あまりの暑さに耐えかねて、井戸水を頭からかぶったところ、急に息ができなくなった、というのだ。彼は「空気がない、空気がない」と訴えている。私は大急ぎで彼をオアシスのはずれにある唯一の西洋人向けのホテルに運び、医者の手当てを受けさせた。医者はいとも平然と「よくあることです、心配いりません」と言った。

事態は次のようなことだった。人間のからだは本来、内側の自然と外側の自然がスムーズに循環することによって成り立っている。ところが、人間の心が応々にしてその循環を妨げることがある。彼の場合は、心が外側の自然＝砂漠の暑さを怖《おそ》れるあまり、冷たいものを飲み続けて、内側の自然が外側の自然に順応する機会を妨げてきた。さらに冷たい水を全身に浴びたことによって、ついに内側の自然は、外側の自然にどう順応したらよいのかまったくわからなくなった。具体的には毛穴が開きっ放しの状態になって、皮膚呼吸ができなくなったのだ。だから彼は「空気がない、空気がない」と訴えたのだ。

「二、三日寝ていれば自然に治りますよ」。医者の言葉に私はほっと胸をなでおろした。

人間のからだ、すなわち内側の自然は、本来、外側の自然、すなわち環境に順応するための、神技としか思えないほど見事なシステムを持っている。だからこそ人間は、気温五十度を越える砂漠地帯でも、マイナス四十度の氷原でも、平均体温を三十六・五度に保って生きてこられたのだ。

ところが、科学文明の進歩した社会に住む我々は、そのことを忘れ始めている。ちょっと暑ければ冷房、寒ければ暖房をつける生活を続けるうちに、内側の自然が持つこの素晴らしいシステムをマヒさせてしまっている。このシステムの潤滑油にあたるのが人間の心だ。外側の自然の変化を怖れ、それに抵抗しようとすればするほど、内側の自然の順応力が低下する。

まず心を開けば、からだが開く。からだが開けば、内側の自然は、しぜんに外側の自然への順応力を高める。砂漠の民が、冷たいものを飲まず、熱い紅茶を飲むのも、外側の自然との長い付き合いの中から生まれた知恵なのだ。心を開いて現地の人々の知恵を学べば、私たちも気温五十度の砂漠で生きることができる。人間のからだは、野口三千三さんが言うように、もともとカラッポのカラ、この仕組みはアフガニスタンの砂漠に住む人々も、私たち日本人もまったく変わらないのだから。

〝静けさ〟への通路

一九九二年の夏、北米ワシントン州の太平洋沿岸にある小さな島、オルカス島に歌手のスーザン・オズボーンを訪ねた。スーザンは、今年の二月に放映された私の作品『宇宙からの贈りもの』で主題歌の「浜辺の歌」や「故郷」を歌ってくれたスピリチュアル・シンガーである。この歌は、我々が親しんできた日本の童謡をスーザンが新しいアレンジで英語で歌ったもので、放送直後から問い合わせが殺到し、CDにもなり、今大評判になっている。

スーザンは単にレコーディングやステージ活動をするだけの芸能歌手ではない。〝歌う〟ことによって人々の心とからだを癒《いや》すヒーラーでもある。彼女のコンサートでは、観客が彼女とともに自由に発声しながら、その声が互いに共振し、共鳴し合い、しだいに美しいハーモニーをつくってゆく。そのハーモニーが人々のからだと心を喜びでつつみ、いつの間にか温泉にゆったりと浸った後のようなポカポカした気分になる。

スーザンの住むオルカス島は、その名のとおり、私の大好きなオルカ（シャチ）たちがいつも行き交うブリティッシュコロンビアのジョンストン海峡のすぐ南に位置する人口三千人ほどの小さな島だ。

このあたりには最近アメリカのニューエイジ・アーティストたちが数多く住むようになった。海と森と鯨《くじら》たちが与えてくれる〝気〟を鋭敏なアーティストたちがいち早く感じとっているからなのだろう。

スーザンも三年前、ニューヨークからこの島に移り住んだのだ。

島に入って最初に驚いたのは、昼食のために立ち寄った海辺の小さなレストランだった。料理に使われている素材が、アメリカ風にアレンジされているとはいえ、そば、豆腐、海藻、玄米など、ほとんど日本風なのだ。しかも、これらの材料はみな、このあたりの島々で有機農法で手作りされているという。

そして、その味が、我々日本人も忘れかけている遠い昔の日本の味なのだ。さらに驚いたのは、スーザンが私にさりげなく「明日の朝食は赤みそにする？　白みそにする？」と尋ねたことだった。この島のスーパーには何種類ものみそが売られているのだ。この島の人々は日常生活のレベルで東洋的なものと西洋的なものの新しい融合の道を探り始めている。

スーザンの歌う「故郷」や「浜辺の歌」が、単に日本人だけに通ずる感傷ではなく、地球的な規模で未来に向かう喜びを与えてくれるのも、きっとスーザンのこんなライフスタイルに深く関係があるのだろう。

東洋的なものと西洋的なもの、自然と人工の新しい融合の道を探ることは、たぶん二十一世紀に向かって人類に課せられた最も大きな課題なのだろう。

その点でスーザンの音楽の中にはさまざまな示唆が含まれている。


スーザンにすすめられて深い森の奥にある小さな教会を訪ねた。その教会は、初期の開拓者たちが建てたアーリー・アメリカン風の簡素な木造で、スーザンはこの教会の中で歌い録音したクリスマスソングのテープを出版している。

早朝、まだ日が昇る少し前だった。教えられた森の小道をたどって教会に向かった。前夜の雨で森はしっとりと濡《ぬ》れ、長年、自然のままに降りつもった落葉の径《みち》は、まるで厚い絨毯《じゅうたん》のようにやわらかい。落葉を踏みしめる私の足音がそのまま地球の奥底に吸い込まれてゆくような気がする。

小鳥たちのさえずりやキツツキの音の中にも、前夜の雨のなごりが聴こえる。

それにしても、なんとやさしい静けさなのだろうか。朝の森の中には確かにさまざまな音がある。しかし、その音は、外からやってきて私の耳に響いている、というより、まるで霧のように私をつつみ、私のからだ全体を森の中に吸いとってゆくような、そんな音だ。

〝聴く〟とか〝感じる〟とかいう意識さえも消えて、私は自分が、森という名の海に舞い落ちて溶けてゆく一滴のしずくになってしまったような気がした。

スーザンが教えてくれた教会が見えた。側《そば》にある小さな池から朝霧が立ち昇り教会をつつんでいる。まるで童話の世界から抜け出てきたようなこの教会は、外壁が白いペンキで塗られており、かわいい塔の上に小さな木の十字架が一つのっていた。

わずか三段しかない階段を上って入口の扉を押した。木のきしむ心地よい音とともに扉が開いた。鍵《かぎ》はかかっていなかった。

内部は驚くほど簡素だった。ステンドグラスを通して差し込む美しい朝の光の中に木の長椅子《ながいす》がいくつか並んでいるだけで、見渡してもキリストの像さえない。

私はふと、日本の神社建築を思い出した。それは確かに〝神〟との交感を求めて人間がつくった人工の建物ではある。しかし、ヨーロッパの巨大なカソリック教会のように、その中に人を閉じ込め、神の威厳の前にひれ伏せさせるような雰囲気がまったくない。

そこは、〝神〟との出会いを求める者たちが自由に出入りする、いわば〝通路〟のようなものなのだ。だからこそ、〝神〟の姿や形は、そこにはない。中に入って黒光りする椅子に腰を下ろした。突然、霊気のようなものを感じて身震いした。森の中を歩いてきた時とはまったく異なる何かが私をつつんでいる。

それは痛いほどの〝静けさ〟だった。

森の中では、私のからだは溶けていた。〝私がいる〟という意識さえ失いかけていた。ところが、この教会の中の〝静けさ〟は私の全身の皮膚を刺激し、〝私がいる〟という意識を復活させた。

私の吐く息の小さな音が、木霊《こだま》になって私の皮膚の上に還《かえ》ってくる。

私は思わず声を発した。その声は一気に教会の中に満ちあふれ、幾重にも重なって私の皮膚の上に戻ってくる。その木霊につつまれながら、私は〝私がいる〟ことを思い出し、なぜかほっとする。

それは、森の中を歩いている時に感じた〝私が消えてゆく〟ことへの喜びとは違って、〝私がいる〟ことへの不思議な安堵《あんど》感だった。

それは、スーザンの歌を聴いた時に感じる、あの喜びに似ていた。

人間はなぜ、森の自然の静けさの中にわざわざもう一つの人工の〝静けさ〟をつくるのだろうか。それはたぶん人という種の宿命であり、最大の特徴なのだろう。もし人が、森の自然の中に溶けたままだったら、現代の我々が恩恵を受けている科学文明を築くこともなかったのだろう。

人は、〝私がいる〟と意識し始めた時から、人になった。〝私〟が森の中へ溶けてゆくことを怖《おそ》れるあまり、森の自然との間に、通り抜け不能の壁を築いてきた。

そして今、森の自然の本当の静けさを忘れかけている。

オルカス島のこの小さな教会も、日本の山奥の神社も、そしてスーザンの歌声も、実はこの森の自然の本当の静けさを思い出すための〝通路〟の一つなのだろう。私たちのからだ（生命）が、本来森の自然と溶け合うはずのものだ、ということを思い出すための〝通路〟なのだ。このことを思い出すために、人間はわざわざ教会を建て、神社をつくり、歌を歌う。それがまた、人間らしい営みなのだ。

この夏私は、オルカス島でスーザンが示してくれた素晴らしい〝通路〟を通って、森の自然の静けさを存分に味わってきた。

石が歌う

〝石が歌う〟ということを初めて実感したのは、エンヤと共に旅をした冬のアイルランドだった。

三百六十度見渡せる小高い丘の上に、もう五千年以上も前から輪になってたたずむ巨石の群れ。みぞれ混じりの風が吹きすさび、その丘のまわりには人影一つない。はるか彼方《かなた》の地平線に黒々とした雲が湧《わ》き上がり、風に乗って渦巻きながら背後の空を走り去ってゆく。その黒雲が巨石の目覚めを促しているように見える。その時だった。渦巻く黒雲の臨界が、一瞬黄金に縁どられたかと思うと、たちまち二つに裂け、その裂け目から一条の光がまっすぐに巨石の上に降りたのだ。霧雨が金色の光の粒子となって踊り、七色の虹《にじ》が空を渡った。

〝石が歌っている〟そう私は実感した。

五千年もの間、ただひたすら押し黙り、微動だにせず、たたずんでいたかに見える石が今歌っている。その歌声は、聴こえるというより、私の全身の細胞に直接降り注いでくる。何億という私の細胞の一つ一つが、その歌声に共振して歌い始める。からだの内側で共振しながら増幅されてゆくその大合唱を、〝私〟という意識は、しだいに統御できなくなる。〝私〟という臨界が崩壊し、何億という粒子に粉砕され、風になり、光になって、渦巻きながらあたりを舞い踊る。

なんという懐かしさなのだろうか。

エンヤの歌声を初めて聴いた時にも、同じような懐かしさを感じた。私の中にある遠い記憶。それは今たまたま〝私〟のからだの中にとどまっている原子の一つ一つが持っていた宇宙創成以来の記憶なのかもしれない。〝私〟という個体意識が崩壊した時、初めて甦《よみがえ》ってくる懐かしさ。

ケルトの人々はたぶん、こんな感覚をごく普通に、日常的に持っていたのだろう。そして私たちの直接の祖先である縄文時代の人々もまた同じだったのだろう。

エンヤの歌声を初めて聴いた時、私はエンヤについての知識はまったくなかった。彼女がケルト民族の血を色濃く引いた女性であり、アイルランドのケルト遺跡に囲まれた土地で育った人であることも知らなかった。ただ、彼女の歌声の中に、言い知れぬ懐かしさを感じ、それがいったいどこから来るのかを知りたい、と思ったのだ。二十世紀末の日本に生きるこの〝私〟が、地球のちょうど真裏のアイルランドに生まれ育ったエンヤの歌声に、何故こんなにも深い懐かしさを感じるのだろうか。それを知りたい、と思ったのが、エンヤを『地球交響曲《ガイアシンフォニー》』第一番の出演者に、と思ったきっかけであった。

エンヤとの出会いは、不思議なことがたくさん起こった『地球交響曲』第一番の取材の中でも、とりわけ不思議の連続であった。

最初、私にはエンヤにつながる特別のルートはまったくなかった。エンヤのCDの出版元を通して、エンヤの事務所の住所だけを聞き、手紙を書いた。一カ月経ってもナシのつぶてで返事がない。CDの出版元のプロデューサーの話によると、エンヤは非常に変わった人で、めったにマスコミには登場しないという。まして、最初のCD『ウォーター・マーク』が全米のヒットチャート三位にまで上昇した世界的なビッグスターである。それに対してこちらは、日本の小さな独立プロの映画監督、おまけに『地球交響曲』という、まだ私自身にもどんな映画になるか定かではない作品への出演依頼である。ギャラだって、ほんの少ししか払えない。これは、返事が来ないほうがある意味で当然かもしれない。そう思いながら私はあきらめず二度目の手紙を書いた。やはり返事はなかった。

こんな時、私にはある思い方がある。

まず、エンヤに出演してもらいたい、と思った動機に、何か不純なもの、たとえば有名人に出演してもらえれば少し得をするかもしれない、といったような動機がなかったかどうか検証してみる。もちろんこうした動機が必ずしも不純とは言えないが、それをはるかに越えた強い直観のようなものがあるはずなのだ。有名であるか否かは、その後に付いてくることに過ぎない。それが確信できれば、次に私は、必ずどこかにつながる道があるはずだと思い、今の私に可能なあらゆる方法を模索してみる。そして、それでもつながらない場合は、〝いまだ時が満ちていないのだ〟と思い、きっぱりとあきらめる。

エンヤの場合は、私の中に『地球交響曲』の出演者である、というゆるぎない確信のようなものがあったのだが、その方法が見つからなかった。三通目の手紙を書いたが、やはり返事がなかった。〝時が満ちていない〟ということなのだろうか、そんな思いが心をよぎり始めた頃だった。アイルランド関係の人々が集まるというあるパーティーがあった。私の隣に一人の若い白人女性が座った。当然、私たちはなにげない世間話を始めた。私は撮り始めたばかりの『地球交響曲』の話をした。出演者の話になった。私はすでに決定していた野澤さんやダフニーの話をした後、ふと、彼女がアイルランド出身だと自己紹介したのを思い出し、「エンヤという歌手がいますが、ご存じですか？」と尋ねた。すると、とたんに彼女の顔付きが変わった。ここから先は、本当に嘘《うそ》のような本当の話なのだ。

彼女はアイルランド出身であるだけでなく、エンヤが生まれ育ったアイルランド北端の人口二千人の小さな村グィドウの出身であり、家が隣どうし、年はエンヤと同じで、幼い頃からエンヤと双子の姉妹のように育った仲だと言うのだ。冬の間、いつも暖炉の側《そば》でエンヤの祖父からケルト神話を聴かせてもらったのだと言う。そんな人が私の隣に座っていたのだ。私が、エンヤと連絡がとれず困っていると言うと、彼女はあっさりと言った。

「じゃあ私が明日エンヤの実家のほうに電話をしてあげるわ」

そして次の日、なんとエンヤのほうから私のところに電話がかかってきたのだ。私の手紙はすべてエンヤのもとには届いていた。ただ、エンヤの側としては、私がどんな作品をつくる監督なのかがわからず、返事を出しかねていたのだと言う。私は日本にいるその女性に私の作品を見せ、その印象をエンヤに語ってもらった。それから先は話がとんとん拍子に進み、エンヤは忙しいスケジュールを割いて、故郷グィドウでの四日間の撮影に付き合ってくれたのだった。

さらに、エンヤとの連絡がとれたちょうどその頃、新聞の新刊紹介欄で、鶴岡真弓著『ケルト／装飾的思考』（筑摩書房）という本が刊行されたことを知った。さっそく購入して読み始めたとたん胸が躍った。この人の視点はまさに私がエンヤの音楽の中に直感したケルト文化の質をそのまま言葉にしているではないか。アイルランドで私が何を取材すればいいか、の具体的な情報も豊富に載せられている。この時期に、こんな本が出版されたことも、何かの助けなのだろうか。そう思いながら一気に読み進み、終章まで来てさらに驚いた。なんと鶴岡さんは、この本の最後にエンヤの音楽の印象を描いて、この書のしめくくりとしていたのだ。

私は迷わず鶴岡さんに電話をして、このアイルランドとエンヤの取材に同行してくださるようにお願いしたのだった。そして、冬のアイルランドの旅の途中、ケルトの遺跡の石の壁に、吉野の天河神社のシンボルである三つの渦巻が刻まれているのを発見した時、私はもはやこれは単なる偶然ではないな、と素直に思えるようになっていた。

このような信じられない偶然の一致（シンクロニシティ）が起こることを私は期待していたわけではない。いやむしろまったく期待していなかった、と言ってよい。組織や権威を持たない人間にできることは、今、自分に可能なあらゆることを創造的に試みること、その時出会うすべての人たちに裸で誠心誠意ぶつかること、そして、あらゆる〝失敗〟が無駄ではない、という信念を持つことだろうか。短い時間の、限られた価値観だけからみると〝失敗〟であり〝無駄〟だったように見えることが、後に、想像もしなかった恩恵をもたらしてくれることが数多くあるのだ。

「私はケルトの魂を現代に甦らせる作曲家だと思います。ただそれを意識して作曲しているのではなく、自分の中から自然に生まれた音楽を自分で聴いてみて、初めて自分でも気づくものなのです」

映画のインタビューの中でエンヤはそう話していた。

ケルトの人々は、石の歌声をごく素直に聴くことのできた人たちだった。巨石文化はその証《あかし》であり、ケルトの大王がその位につく時、巨石が唸《うな》り声を上げた、という神話も、ケルトの生命観、宇宙観を物語っている。

自然のすべての生命、もの、現象の中に宇宙の大いなる意思（神）が宿っており、私たち人間も、その大いなる意思の一つの現われである、という生命観。これはまさに私たちの直接の祖先である縄文の人々が持っていた生命観であり、日本の神道の原点になった宇宙観でもあるのだ。エンヤの歌声の中に感じた言い知れぬ懐かしさは、私自身の中に眠っていたものへの懐かしさだったのだろう。

エンヤは幼い頃からケルト遺跡に囲まれて育った。さらに祖父からさまざまなケルト神話を聴かされていた。父親が経営するパブではいつもケルトの伝統を受け継ぐ民俗音楽が奏でられていた。そして何よりもまず、エンヤは英語よりもゲール語（ケルト系言語）を母国語としてしゃべっていた。

そんな環境の中で育ったエンヤが、ごく自然にケルト的宇宙観を持っていたことは想像できる。しかしたぶん、それだけではケルトの魂は現代に甦らなかっただろうと思う。エンヤは現代の最先端のテクノロジー、シンセサイザーと出会った。そして、シンセサイザーがもたらしてくれる安易さに溺《おぼ》れることなく、内側から聴こえてくる声にしたがって、シンセサイザーを使いこなした。その結果、初めてあのエンヤ独特の音楽が生まれた。古代の魂と最先端のテクノロジーが、エンヤというメディアを通じて出会った時、初めて、ケルトの魂が現代に甦ったのだ。エンヤがもし民俗楽器のアコースティックな音だけを使って演奏していたとするなら、きっとそれは味わい深い音楽になったであろうが、今のようにグローバルな規模で人々の魂を揺さぶらなかっただろう。また初めからシンセサイザーだけを使った安易な音づくりをしていたのであれば、単に流行のヒーリング音楽の一種にとどまっていただろう。

エンヤの音楽は、二十一世紀に向かう人類の文化のあり方に深い示唆を与えてくれる。最先端のテクノロジーを、私たち自身の中にあり、私たち自身が知っている生命の摂理に沿って使いこなせば、まだ無限の明るい未来がある、ということなのだ。

心とからだ

ラインホルト・メスナーは、たった一人で、酸素も持たず、世界に十四峰ある八千メートル以上の山すべてを登りつくした男である。一九八六年のネパール・ローツェ峰（八千五百十六メートル）登頂が最後だった。これ以後世界の一線級の登山家たちがその後を追ってはいるが、いまだ誰も成功した者はいない。彼は世界でただ一人の、いや数百万年の人類史上でただ一人の体験を持った男なのだ。

八千メートル級の山の頂は、この地球上にあって、人間が歩いて行ける唯一の「死の地帯」である。酸素は地上の三分の一、気温はマイナス四十度にもなり、時には風速六十メートルを越える猛吹雪が荒れ狂う。もし、平地に住む我々が、突然なんの準備もなしにこの山の頂に運ばれたとするなら、ものの数分で正常な思考能力を失い、内臓が膨張し、からだの各部分の組織が凍傷を起こし、ほぼ一日以内に間違いなく死に至るだろう。そこは、一切の生命の存在を許さぬ「死の地帯」なのだ。メスナーは、この「死の地帯」に生身の肉体をもって何度も潜入し、何度も「死」を体験しながら生きて還《かえ》ってきた。

私が彼に興味を持ったのは、八千メートル級の山すべてに登ったという業績からではない。私と同じ生身の肉体を持った人間に、何故にこんなことが可能なのか、また、彼は何故に一人で、進歩した科学技術の恩恵を拒否して登るのか、を知りたかったからだ。八千メートル級の山に、一人で登るということは、現代の常識からみれば、いわば「自殺行為」である。

現代の常識では、八千メートル級の山に挑む時は、まず少なくとも数人から数十人のパーティーを組み、酸素ボンベや無線機など進歩した道具類を持ち、百人を越えるシェルパを雇って機材や食料を運び、順次に高度を上げてキャンプを築きながら、最後に数人の登攀《はん》隊員が頂上をめざす、というものだ。

ところがメスナーは、一人で登った。

一人で登る、ということはまず、持ってゆく荷物が決定的に制約されるということだ。生きてゆく上で必要な最小限の持ち物、テント、寝袋、食物と水をつくるための湯沸かし器、ピッケルやアイゼン、それだけでも三十キロほどの重量になる。しかもこの荷物を自分自身で背負いながら八千メートル以上の山に登るのだ。食料、酸素など充分な資材を持ち、登攀隊員にはできるだけ負担をかけない態勢で登る大きな登山隊が、時には一カ月以上の時間を費やして挑みながら失敗する八千メートル級の山に、たった一人で登り切る、ということがどれほど苛酷《かこく》なものであり、常識はずれであるかは想像できるだろう。ある保険会社が算定したメスナーの「死」の確率は限りなく百パーセントに近いという。

しかし、メスナーは現に生きてかえって来た。この事実をみると、人は彼のことをよほどの「幸運」に恵まれたか、あるいは「超人的」体力の持ち主だ、と思うだろう。しかし、私の出会ったメスナーは、もの静かでやさしく、細身で、どちらかといえば女性性の雰囲気さえ感じさせる「普通の人」であった。

なぜ一人で登るのか、という私の問いに彼は次のように答えた。

「私は頂上を征服したいのではない。登れる、ということを証明したいのでもない。私はただ自分を知りたかったのです。みなさんと同じように生身の、有限な肉体を持った自分が、生命の存在を許さない『死の地帯』で、どこまで生命の可能性を拡げることができるのか、を知りたかったのです」

八千メートル以上の山が「死の地帯」と呼ばれる最大の理由は、酸素の量が地上の三分の一しかないからだ。私はかつて、アクロバット飛行チームの撮影をしていた時、高度八千メートル以上を飛ぶジェット戦闘機に同乗する資格を得るために、あるテストを受けたことがある。このテストは、地上の気密室で、高度八千メートル以上の状態をつくり、その中で簡単な計算テストをする、というものだった。二人一組で気密室に入り、一人が酸素マスクをはずして計算をし、もう一人が酸素マスクをつけたまま、その様子を観察する。マスクをはずして計算を始めた相手を見ていると、顔がみるみるうちにむくみ紫色に変わってゆく。いわゆる死相が顔に現われるのだ。そしてものの数分で、「5×3＝?」といった簡単なかけ算ができなくなってゆく。私の場合は、顔だけがやけに熱くなってゆくような感覚の中で、三分半ほどで意識が朦朧《もうろう》としてきて計算ができなくなった。登山とは条件が違う体験だとはいえ、メスナーはこれに近い空間で最大三日から四日も登り続けるのだ。「酸素ボンベの助けを借りると、八千メートルの高さが六千メートルと同じ条件になる。だから私は酸素を使わない」と彼は言う。

八千メートル級の山に一人で登るために、メスナーはさまざまなトレーニングをした。中でも重要だったのは、瞑想《めいそう》による呼吸コントロールと、そして高度差一千メートルの氷の斜面を裸足《はだし》で一時間で駆け登る訓練だった。この訓練によって彼は、全身の血行や脈拍を自分の意志でコントロールできるからだをつくったと言われている。しかし、現代の科学の常識では、自律神経系の機能である脈拍や血行を人間が自分の意志でコントロールするのは不可能だ、ということになっている。ただ、昔からヨガの行者や密教の修験者たちはこのような修行を通してさまざまな「超能力」を身につけていた。メスナーもまた事実、酸素三分の一、気圧二分の一という環境下で意識も失わず何日間も登り続ける、という意志と体力を保ち続けたのだから、この訓練と結果の間に何らかの因果関係があるのは間違いないことだろう。しかし、その因果関係を説明する科学的方法を私たちはまだ持っていない。だから彼が行った事実に直面すると、私たちは彼を「超能力者」と考えるのだ。

「私は人より超人的な体力や耐久力を持っているというわけではありません。ただ私は、生命力を発揮する方法を人より少しよく知っていたのかもしれない。生命力とは、自分が所有している、というようなものではなく、私たちの周囲に無限に存在し渦巻いているものなのです。その生命力をスムーズにからだの中に取り入れ、またスムーズに出してゆく、それがうまくいった時遠征が成功するのです。人間はいわば宇宙の大きな生命力の通り道みたいなものなのです」

彼が、瞑想やトレーニングによって自分の意志で血行や脈拍をコントロールできるようになった、というのは、広い意味では正しいけれど、厳密な言い方ではない。こうした訓練を経た後の彼を、もし普通の平地で身体検査したら、たぶん、脈拍や血行は訓練前とほとんど変わらないだろう。なぜなら、人間の肉体は、平地では脈拍を三分の一に落としたり、血行を変えたりする必要がないからだ。その彼が六千メートル、七千メートルと登り続けた時、初めて彼の脈拍は二分の一、三分の一と自然に下降し、血行も必要な場所に必要量が移動し、最小限のエネルギーで最大限の力が発揮できる肉体に変わってゆくのだろう。彼は瞑想やトレーニングによって、自分の「意志」で脈拍や血行を変える「能力」を身につけたのではなく、肉体が、それ自身で外側の自然の変化に応じてまったく自然に変化し順応してゆく状態をつくったのだ。本来自然の一部分である肉体には、そのような能力が備わっているはずであり、彼はその、肉体の本来の自然な状態を取り戻しただけなのかもしれない。そう考えると、自律神経系の機能を「意志」で操ることはできない、という科学的常識とも矛盾しないし、それでありながら、八千メートルの「死の地帯」で脈拍を三分の一に落とし血行を変えながら生き続け、登り続けることのできた彼の事実も了解できるのだ。

肉体が自然に持っている可能性を妨げているのはむしろ人間の「意志」や「心」のありかたかもしれない。「名誉心」や「競争心」、「不安」や「怖《おそ》れ」が少しでも頭をもたげた時は必ず失敗する、とメスナーは言う。そのような心の乱れが必ず肉体の乱れとなり、その乱れが死と直結するのが八千メートル級の山の頂、すなわち「死の地帯」なのだ。心が無限に「無」に近づき、肉体が無限に「空」に近づく中で、ただただ一歩一歩歩みを進めていた時、ふと気がつくと彼は、この地上で最も高い場所、エヴェレスト八千八百四十八メートルの頂に立っていた。その時の境地を言葉で伝えるのは不可能だ、とメスナーは言う。「境地」そのものがない、そんな感じだったからなのだろう。

「私は自分が自然の一部分であるということを強く感じています。私と周囲の水や草、風との間にはなんの区別もない。何か一つの大きな流れの中にともにあるのです。科学や医学の進歩によって私たちは昔の人よりずっと多くのものが見えるようになった。しかし、その代償として何かいちばん大切なものが見えなくなっているような気がするんです」

「死の地帯」へメスナーを駆り立てたのは、「自分を知りたい」という彼の「心」だった。

そしてその「心」の束縛から肉体を解き放った時、彼は「死の地帯」に踏み入り、生きて還《かえ》ることができたのだ。このパラドックスの中にこそ、人という種の不思議さがあるのだと私は思う。

自転車的コーヒーブレイク

朝からよほどの雪や雨でない限り、私は真冬でもできるだけ自転車で都内を走る。特にこれといった約束のない日、事務所に顔を出す時は必ず自転車だ。新宿御苑前にある私の書斎から赤坂の事務所まではおよそ十キロ、距離としては大したこともないが、道程は起伏に富んでいてけっこうエクササイズになる。そんな自転車走行の途中、私には密《ひそ》かな、誰にも妨げられない楽しみがある。途上の、とある喫茶店で途中下車して一杯の濃いコーヒーを楽しむのだ。

どこの喫茶店でもよい、というのではない。必ずその喫茶店でなければならない。先日も、いつものようにその喫茶店に自転車をとめ、白い湯気の立ちのぼる小さなコーヒーカップから熱いコーヒーを飲みながら、ふと、なぜこの喫茶店でなければならないのか、を考えてみた。

私たちは、ただ好きだから、気持ちがいいから、というだけで、ほとんど無意識のうちに続けている習慣をいろいろと持っている。そんな習慣の中に、自分自身の特性や本質が潜んでいる。

私がその喫茶店で途中下車する理由は大きく分けて二つあるような気がする。一つは、その喫茶店が、終着点である赤坂の事務所の手前一キロぐらいのところにあるということ、そしてもう一つは、これが最も大きな理由だが、その喫茶店は真冬でも屋外のテラスに椅《い》子《す》とテーブルを出していて、外でコーヒーが飲めることである。

まず第一の理由だが、もしその喫茶店が新宿の書斎を出てすぐのところにあったとするなら、きっと私は今のような習慣を持たなかっただろう。なぜなら、私は新宿の書斎を出る時、まず自分のからだや意識の状態を、その直前の状態から大きく次元変換するからだ。多くの場合、書斎を出る直前まで私は物を書いているか、本を読んでいるか、あるいは音楽を聴き、考え事をしている。すなわち、からだを静的な状態に保ちながら、イマジネーションだけを浮遊させ、自在に遊んでいる。

さて、自転車に乗る時がくると、私はまずウインド・ブレーカーを身につけ、手袋をはめ、バイザーをつけ、そのプロセスの中で、自分のからだと意識の状態を静的な次元から動的な次元へとしだいに変換してゆく。いわば野性を全的に解放するための準備を調えるのだ。そしてペダルに最初の一踏みを入れる時には、少なくとも意識だけは周囲の状況を動物的に察知することのできる野性状態にもってゆく。もし意識がまだ前の静的次元に浮遊しているとすると、すなわち夢見心地状態にあるときわめて危険なのだ。なぜなら私は車道に侵入し、都市の車の動きの中に生身のからだを運び入れるからだ。

こうして意識だけの野性を解放したとしても、その時の私はまだ全的に野性を解放した状態にはなっていない。身体の野性は、意識の次元変換だけでは解放しきれないからだ。身体の野性の解放は身体自身によらなければならない。車の流れに合わせてスピードを上げ、前後左右にセンサーをはりめぐらせながらスピードを変化させ、筋肉の働きを覚醒《かくせい》させ、呼吸を上げながら整え、血液の循環を、座して物を書いたりしている時とはまったく違う状態にもってゆく。

こうして私はようやく心身ともに野性状態に入ってゆくのだ。しかし、それには少々時間がかかる。最初にペダルに一踏みを入れてから、少なくとも十分ぐらいはかかるようだ。そして十分ぐらいが過ぎると、私の身体と意識が、野性的平衡状態に入る。

ここからがなんとも気持ちがいい。呼吸が楽になり、からだが温かくなってうっすらと汗をかき始める。最初は痛いほどだった冷気がしだいに心地よいものに変わってゆく。耳もとを過ぎる風の音が、さまざまな見えない風景を運んでくる。特に春が近い冬の朝などは、その風の音の中にはっきりと春の予兆が聴こえる。この野性的平衡状態がある程度続かない限り、自転車を止めるわけにはいかないのだ。

この野性的平衡状態にある時の境地は、深い瞑想《めいそう》状態の時に味わう境地とよく似ている。ただ決定的に違うのは、からだがきわめて動的な状態にあるということだ。呼吸や心拍数は、瞑想時と逆で、平常値よりかなり高い。にもかかわらず、意識は静かであり、それでいてからだはほとんど無意識のうちに、起こってくる危険に迅速・的確に反応している。

この境地をしばらく楽しみ、ふと気づくと、すでに事務所手前一キロほどのところに来ている。そのあたりから、道中で最も長く急な下り坂が始まる。私はペダルを踏むのをやめ、自然に加速してゆくスピードに身を委《ゆだ》ねる。すると私の意識の位相が少し変化し始める。それまで動的で野性状態にあった意識が、多少、静的で内向的な状態に移行するのだ。すると突然私の心の中に「あっ、今、ここで熱いコーヒーが飲みたい！」という思いが湧《わ》き起こってくる。まさにその時、目の前にその喫茶店が現われるのだ。だから私は迷わず、ブレーキをかけることになるのだ。

私は、自転車をテラス前に置かれた植木に立てかけ、屋外のテーブルに腰をかける。真冬に屋外のテラスに座っている人は誰もいない。私の姿を見かけたマスターが、注文をしなくても点《た》てたばかりの熱いコーヒーを黙って運んでくれる。私はその場で代金を支払い、いつ再出発してもよい状態にしてから、ゆっくりと熱いコーヒーを楽しむのだ。

私が、暖房の効いた温かい屋内に入らないのは、たぶんそこに風が吹いていないからだ。屋内には、風が運んでくれる冷気や匂《にお》い、音がない。それまで自転車で疾走してきた私のからだには、まだ野性が強く残っている。皮膚感覚や聴覚、嗅覚《きゅうかく》が、外界の変化にきわめて鋭敏に反応する状態を保っている。そんな時、突然、風の吹かない人工空間に入ることを、からだ自身が嫌がる。外に向かって開放状態にあるからだが、閉じ込められることを拒否するのだ。だから私は外のテラスに座る。もし、暖房の効いたオフィスの一室から歩いてここに来たならば、たぶん私も屋内に席をとっただろう。

しかし、今はまだからだの内側に熱い野性が渦巻いている。外気の冷たさとからだの内側の熱さとの間に大きな落差がある。普通、人はこの落差の大きさに耐えきれないために温かい室内を選ぶのだろう。しかし、からだの内側に野性が渦巻いている時には、この落差こそが心地よいのだ。皮膚の表面を境にして分けられているはずの内と外二つの世界を、私の意識が激しく出入りする。落差が大きければ大きいほど、その振幅の幅も大きくなる。すると私は、どこまでが自分のからだで、どこからが外の世界なのか定かでなくなる。そんな時、私の感覚はまるで野生動物のように鋭敏になっている。風の方向のちょっとした変化や温度の違い、物音、匂いなどを鋭く感じとることができる。

コーヒーが運ばれてくる。

冷気の中を立ちのぼる美しい湯気の動き、親指と人差し指の間で感じるコーヒーカップのひんやりとした感触、口もとに近づけるとともに漂ってくる香ばしい香り、口をつけたとたん、まず唇の上に陶器の肌を通して鋭い熱さが伝わり、それから、あのコーヒーのほろ苦さが、ゆっくりと舌の上に転がり込んでくる。

喉《のど》を通って私の体内をゆっくりと降下してゆくコーヒーの動きがわかる。降下しながらしだいに私の体温と同化し、ついに私の体内に拡散し切って消えてゆくまで、私は一口のコーヒーの味わいを楽しむのだ。

そんな時、私はふと十年前のアラスカの春を思い出した。人跡未踏の、雪解けのぬかるんだ沼地を六時間も歩き続けた後、私はある小高い丘の上に立っていた。六月だというのに吹き抜ける風はまだ冷たく、日本の冬を思わせる。眼前に拡がる黒ずんだ広大な平原のあちこちにまだ白い雪が消えのこっている。私は大事に運んできた魔法瓶を開け、一杯の熱いコーヒーを飲んだ。心地よい疲れと渇きのせいだろうか、コーヒーの熱さとほろ苦さが一気に全身に拡がってゆく。私は冷たい岩肌に腰《ひざ》を下ろし、もう一度ゆっくりとあたりを見まわした。耳もとで風が鳴っている。その時、雲が割れ、一条の陽差しが降り注いできた。全身にその光を受けた時、私は耳もとで鳴っている風の音が少し変わったような気がした。

春なのだ。この冷たい風の中に、はっきり春の予兆が聴こえたのだ。今、突然東京の冬の喫茶店で、あの日のアラスカの記憶が甦《よみがえ》ってきた。物音一つ聴こえない静けさの中で、広大な平原を前に、小高い丘の上に座って、冷たい風に吹かれながらも座っていたあの日の記憶が、突然、からだの内側から甦ってきた。

私が自転車で途中下車する喫茶店は東京のど真ん中にある。テラスのすぐ前は、車二台がようやくすれ違えるだけの狭い道路で、人や車の往来もけっこう激しい。向かい側は駐車場なので少し視界が開けているが、その奥にはビルが林立している。そこには、いわゆる自然の風景はまったくない。にもかかわらず、私はあの日アラスカの丘で感じたのと同じ喜びを味わっている。熱いコーヒーを飲む一瞬に、頬《ほお》のあたりで感じる風の冷気の中に、はっきりと春の気配を感じる。ビルの谷間をゆっくりと雲が流れてゆく。その雲の動きが、私を一気にはるか太平洋上にまで誘い込む。

春の陽差しを受けて太平洋上から立ちのぼった水蒸気が、地球の自転が生み出す風の流れに乗って旅し、今、この東京のビルの谷間で白い雲に結晶し、一瞬私の眼前を通り過ぎてゆくのだ。私は、自分が宇宙の壮大な運行の一瞬に立ち会っていることに深い喜びを感じ、感謝の気持ちでいっぱいになる。

人間は自分のからだの内側に無限の宇宙を持っている。その宇宙が外に向かって開かれてさえいれば、どこにいても自然を楽しむことができる。自転車的コーヒーブレイクは、その扉を開くための、ささやかなひとときなのだ。

〝私〟から〝我々〟へ

ふと気がつくと、一九八八年頃から宇宙飛行士たちと知り合う機会がやけに多くなってきている。アポロ9号の乗組員として、宇宙遊泳中に感動的な体験をしたシュワイカートとは、一緒に温泉につかりながら宇宙談義をする仲になった。また人類史上わずか十二名しかいない月面体験者のうち、ミッチェル、ビーン、コンラッドの三人とも、それぞれの機会に知り合い、ごく自然に友人になった。

ミッチェルは今、科学では説明のつかない「超能力」の研究に熱心だし、ビーンは画家になって月での体験ばかりを描いている。コンラッドは宇宙ビジネスのコンサルタント、そしてシュワイカートは宇宙飛行士たちの国際組織ASEの創始者として、世界各地を講演してまわっている。

彼らに宇宙体験の話を聞いてみると、人それぞれに顔や個性が違うように、一人一人みな違っている。ある者は、月の上を歩いている時〝神〟に出会ったと真面目《まじめ》に言うし、またある者は、任務が忙しすぎて、崇高なことなど考える余裕もなかった、と言って笑う。一人一人の話がみなそれぞれに違っているからこそ面白いのだが、その一人一人の違う話を聞いているうちに、「宇宙飛行士たちは、やはりみんな、宇宙で、ある共通の体験をしているな」と私は確信するようになった。

ただ、たぶんその共通体験は、ほとんど無意識のうちに直観的になされるものだから、必ずしも彼ら自身が認識しているとは限らない。地球に戻ってから宇宙体験の話をするとなると、どうしてもそこに、宇宙飛行士一人一人の、この地球での個人的な歴史や価値観、現在の環境などが関わってくる。だから、話の表面のディティールが違ってくる。しかし、その表面的な違いにとらわれず、その話の奥に秘めたものを注意深く探ってみると、そこに共通体験が見えてくるのだ。

結論を先に言ってしまうなら、彼らはみな、宇宙で〝私〟という個体意識が一気に取り払われるような体験をしている。

この体験を最もわかりやすく話してくれたのは、アポロ9号の乗組員だったラッセル・シュワイカートだ。

彼が、月面着陸船のテストを兼ねて宇宙遊泳している時のことだった。

彼の宇宙空間での仕事ぶりを宇宙船の中から撮影するはずだったカメラが突然故障し、動かなくなった。撮影担当のマックデビッド飛行士は、シュワイカートに、そのまま何もせず五分間待つように言い残して宇宙船の中に消えた。

シュワイカートに、突然、まったく予期しなかった静寂が訪れた。

それまで、秒刻みでこなしていた任務が一切なくなってしまったのだ。

地上からの交信も途絶えた。

そして、真空の宇宙での完全な静寂。

彼は、ゆっくりとあたりを見回した。

眼下には、真青に輝く美しい地球が拡がっている。視界をさえぎるものは一切なく、無重力のため上下左右の感覚もない。自分はまるで、生まれたままの素裸で、たった一人でこの宇宙の闇《やみ》の中に漂っている、そんな気がした。

突然、シュワイカートの胸の中に、なにか、言葉では言い表わすことのできない、熱く激しい奔流のようなものが一気に流れ込んできた。考えた、というのではなく、感じた、というのでもなく、その熱い何かが、一気にからだの隅々にまで満ちあふれたのだった。

彼は、ヘルメットのガラス球の中で、わけもなく大粒の涙を流した。この瞬間、彼の心に、眼下に拡がる地球のすべての生命、そして地球そのものへの言い知れぬほどの深い連帯感が生まれた。

「今、ここにいるのは、〝私〟であって〝私〟でなく、すべての生きとし生ける者としての〝我々〟なんだ。それも、今、この瞬間に、眼下に拡がる、青い地球に生きるすべての生命、過去に生きたすべての生命、そして、これから生まれてくるであろうすべての生命を含んだ〝我々〟なんだ」

こんな、静かだが、熱い確信が彼の心の中に生まれていた。

シュワイカートが宇宙空間で体験したこの〝私〟という個体意識から〝我々〟という地球意識への脱皮は、今、この地球に住むすべての人々に求められている。

数万年前、人類は〝私〟という個体意識を持ち始めたことによって、他の哺乳《ほにゅう》動物たちと分かれ、〝人間〟になった。〝私〟がいる、という意識＝個体意識が生まれた時、人間は、肉体的にはひ弱な〝私〟を守り、より安全に、より豊かに生きるために、さまざまな工夫を始め、道具や技術を生み出した。現代の科学技術文明はその延長線上に築かれている。〝私〟という個体意識は、科学技術の進歩の原点でもある。しかし、その科学技術の進歩が、今や〝私〟をも含めた地球の全生命の危機をもたらし始めた。

科学技術の進歩によって、〝私〟たちの日常生活は、〝私〟が好む・好まないにかかわらず、意識する・しないにかかわらず、全地球的な規模でネットワークされてしまっている。〝私〟たちが、毎日無意識のうちに消費している食物も、エネルギーも、生きるために必要なほとんどすべてのものが、〝私〟から遠く離れた世界の各地から送られてきている。地球の裏側のアマゾンの熱帯雨林の樹《き》一本の生命が、現実に日本で生きる〝私〟の生命に深く関わっているのだ。しかし、〝私〟は、その事実を〝私〟の身に起こっているリアルな現象として認識することがなかなかできない。どうしても、〝私〟からは遠く離れた見知らぬ土地で起こっている関係のない出来事、と感じてしまう。なぜなら、〝私〟という個体意識は、どうしても〝私〟の身体にとらわれてしまうからだ。

〝私〟の身体が触れることのできる身近なことは、リアルなことと感じることができるが、身体から離れた遠くの出来事は、無関係に思えてしまう。このズレが今の地球の危機を生み出している。すなわち、科学技術の進歩によって人間の生活は全地球的規模でネットワークされているのにもかかわらず、それを扱っている人間の意識は、相変わらず〝私〟の身体が触れることのできる狭い範囲に閉じ込められているからだ。

人間は、〝私〟の身体は周囲の自然から独立したものだ、と思っている。〝私〟の皮膚から外の世界は他者だ、と思っている。しかし、これは人間の個体意識が作りだした大きな錯覚だった。

人間の身体は、もともとすべての自然、すべての生命とつながったものだ。〝私〟はもともと〝我々〟だったのだ。科学技術を進歩させる過程で人間はそのことを忘れかけていた。しかし、宇宙飛行士たちは、科学技術の進歩の最先端で、逆にそのことを思い出し始めている。

〝私〟という個体意識から、〝我々〟という「地球意識」への脱皮は、そんなに難しいことではない。宇宙飛行士たちはたまたま、宇宙空間という地球とはまったく異なる空間に身体を運ばれることによって、そのことを思い出したのだが、もともとその記憶は〝私〟たちすべての人間の中に眠っているものだ。

〝私〟の身体に素直に問い直してみることによって、誰でもが思い出せることだ、と私は思っている。

神の仕掛けた罠

まず初めに結論めいたことを書いてみよう。

性を媒介にした男と女の関係ほど、人として生まれたことの喜びと苦しみを同時に教えてくれる営みはない、と私は思っている。人は性の営みを通して、生きながらにこの世ならざる至福の天国に踏み入ることもできるし、煉獄《れんごく》の業火に焼かれる苦しみを味わうこともできる。性の営みを通して、生と死は同じことの表裏であることを知ることができるし、永遠と一瞬が同じことであることを知ることもできる。人を恋することと人を憎むことが、ほとんど同じ源から発した感情であることを知ることもできる。自己と他者の間には、いかなる深さの愛をもってしても越えることのできない壁があることを知ることもできるし、同時に、時を越え、空間を越えてすべてに永遠に存在する愛があることを確信することもできる。

神は何故に人に〝人としての意識〟を与えながら、雄と雌の肉体をそのままに遺《のこ》したのだろうか。

それには必ず深い意味があるはずだ。人は男と女の性の営みを通して、いかなる難行苦行よりも深く、人として生まれたことの意味を知ることができる。と同時に人は、それを通して人として生まれたことの意味を一切失うことすらできるのだ。少なくとも私個人に関する限り、この五十四年間の自己探究の旅は、女性への憧《あこが》れと性の営みによってつき動かされてきたのだ、と言うことができる。女性は私にとっていかなる先達よりも偉大な師であったのだ。

人は〝私がいる〟と意識し始めた時から人になった。〝私がいる〟という意識が生まれるということは、私の外に〝私ではないもの〟があるということを意識し始める、ということだ。私の外にある〝私ではないもの〟は、私ではないのだから当然、私の思いどおり、私の意思どおりには決してならない。そのことに気づき始める時が、いわゆる〝自我《エゴ》〟の芽生える時だ。

人は自我を持つことによって人になった。それは三十五億年の生命進化の歴史の中での人の誕生を意味し、同時に一人の個人の成長の歴史の中での人の誕生を意味する。自我は、人が人であることの証《あかし》である。自我を持たない者は、さしあたって人ではない。そして、この自我こそが、人として生きることの喜びと苦しみを生み出している。〝私〟の外に〝私ではない世界〟がある。〝私〟の外に〝私ではない人〟がいる。しかも〝私〟は、決して〝私ではない人や世界〟と無関係に生きることはできない。〝私〟は、〝私ではない人や世界〟とともに生きなければならない。ともに生きるためには、〝私〟は私の意思や欲望を〝私ではない人や世界〟に、受け入れてもらいたいと思う。あるいは〝私〟の意思や欲望どおりに〝私ではない人や世界〟を動かしたいと思う。この思いが人類の文明、文化を生み出してきたのだ。〝私〟はもっと安全に、もっと楽に生きたい、と思う。その思いがさまざまなテクノロジーを生み、外の自然を〝私〟の都合に合わせて変えてゆく人類の文明を生み出したのだ。〝私〟は、私の思いどおりに〝私ではない人〟を動かしたい、と思う。その思いが、さまざまな社会体制、秩序、モラル、を生み出してきたのだ。

自我は人が人であるための拠点であり、そしてその自我は〝私〟の肉体に宿っている、と人は思っている。〝私がいる〟という意識と〝私の肉体がある〟という体感との間に、人はほとんど区別を持っていない。〝私〟＝〝私の肉体〟である、とほとんど無意識のうちに信じている。〝私〟と〝私でないもの〟とを隔てているのは、〝私〟の肉体であり、その表皮の内側に〝私〟がいて、外側に〝私でないもの〟がある、と信じている。〝私〟と〝私でないもの〟は、表皮によってあらかじめ断絶させられているのだ。だからこそ〝私〟は、その断絶を越えて〝私でないもの〟と溶け合いたい、と願う。〝私でないもの〟が、〝私〟を犯したり、苦しめたり、傷つけたりしないでほしいと願う。つまり、〝私でないもの〟に、〝私〟であってほしい、と願うのだ。

しかし、この願いは常に、肉体の存在によって裏切られる。たとえば、愛する人が、病気などで激しい肉体的苦痛に見舞われている時、私はその苦痛を私の肉体の中に移し変えて、〝私〟が引き受けてあげたい、と切に願う。しかしその肉体的苦痛そのものは、決して直接〝私〟の肉体の中に移ってはこない。痛みを耐え忍ぼうとする人の魂に寄り添い、その苦しみを魂で共有することによって、和らげてあげることができるとしても、その人の肉体に起こっている生理的痛みそのものを、生理的に引き受けることはできないのだ。この断絶の究極の姿が〝死〟なのだ。

〝私でない人〟の肉体に起こった〝死〟を、〝私〟の肉体は決して引き受けることはできない。〝私〟がいかに深く〝私でない人〟を愛していたとしても、その人の肉体の死を〝私〟の肉体は肩替わりすることができないのだ。すなわち、肉体こそ人と人とを断絶せしめる源なのだ。だとすれば、肉体を持つ限り、人は互いに、永遠に断絶したままなのだろうか。

男と女の性の営みは、それに関する答えを、人間自身に答えさせるために神が仕掛けた巧妙な罠《わな》なのだ。性とは、本来断絶の源である肉体を通して、肉体のレベルで〝私〟と〝私でない人〟が溶け合おうとする営みなのだ。心や魂によって断絶を越えるのではなく、まさに断絶の源である肉体のレベルで、それを越えることができるのか。この問いに人を誘い込む見事な仕掛けが、性の営みには隠されている。

この問いに人を誘い込むために、神はまず二つの強力な誘惑剤を用意した。本能と快楽である。人の性が、すべての生物に共通の、種を保存しようとする本能に基づいているということは言うまでもない。しかし自我を持ってしまった人の性は、この本能からのみ生まれているのではない。いやむしろ、この本能からはずれたところにこそ、人独特の性の営みがある。

快楽の追求である。性の営みを通して〝私〟の肉体に起こる生理的快楽の追求である。もし、性の営みを通して〝私〟の肉体に生理的苦痛が起こるか、あるいは何も生理的変化が起きないとすれば、男と女はあれほどまでのエネルギーを費やして、性の営みをしようなどとは決して思わないだろう。神は、快楽という強力な誘惑剤を用意して、人をあの問いへと誘い込むのだ。

「人は肉体のレベルで断絶を越え得るか!」

答えはもちろん「イエス」である。しかし、神の仕掛けた罠はそれほど単純ではない。性の営みは〝私〟と〝私でない人〟が最も深く断絶を思い知らされるものでもあるのだ。ところで、性の営みによって断絶を越えるとは、いったいどのような状態をいうのだろうか。

それは性の営みの中で、〝私〟の肉体の内側で起こっている生理的快感が、同じ瞬間に、同じ場所で、同じスケールで、〝私でない人〟の肉体の内側にも起こっている状態とでも言おうか。〝私〟の快感が、〝私でない人〟に伝わっている、というようなレベルの話ではない。〝私〟の感じている生理的快感そのものが、〝私でない人〟の生理的快感そのものでもある、という究極の状態なのだ。

　この状態に入った時、〝私〟と〝私でない人〟との間にはもはや壁がない。〝私〟の肉体の内側で起こっているが故に、本来は〝私〟の肉体の外側にいる他者とは共有されるはずのない生理的感覚（快感）そのものが、〝私でない人〟の肉体の内側にも起こっているのだから。こんなことが起こり得るのは、男と女の間の性の営み以外にはない。男と女の肉体の仕組みが、こんなことが起こり得るように設計されているのだ。

　〝私〟の肉体の最外壁は表皮である。〝私〟はその表皮の内側にいる。あるいは、いる、と思っている。表皮は〝私〟と〝私でない人〟を隔てる越えがたい壁なのだ。ところが性の営みの時、女性は、〝私〟の肉体の内側に、男性を招き入れる。〝私でない人〟を〝私〟の肉体の内部に包み込むのだ。男性は〝私〟の肉体でもって〝私でない人〟の肉体の内側に入り込むのだ。これだけでも、性の営みは、ふだん表皮の壁でもって断絶されている〝私〟と〝私でない人〟との関係とはかなり異なる関係になる。この関係になるためだけでも、男性も女性も、互いに〝私でない人〟との断絶を越えて溶け合いたい、という強い願いがなければならない。

　しかし、この関係になれば、断絶を越えたことになるのだろうか。いやそうではない。たとえこの関係になったとしても、〝私〟の肉体の内側に起こっている生理的快感と、〝私でない人〃の肉体の内側に起こっている生理的快感の間にズレがある限り、それはまだ断絶を越える前のプロセスなのだ。多くの性の営みはこの段階で終わってしまう。その時、〝私〟の快感はあったとしても、〝私〟と〝私でない人〟との壁が溶解する至福の喜びはない。

しかし、男性と女性の肉体は、さらにその先に進めるように設計されている。〝私でない人〟の肉体を受け入れている女性の肉体の部分に、最も深く生理的快感を感じとることのできる場所がある。〝私でない人〟の肉体に入り込んでいる男性の肉体の部分に、最も深く生理的快感を感じとることのできる場所がある。互いに包み、包まれながら、しだいに強く、緊密に一体化し、ついにその、最も深く生理的快感を感じとることのできる部分が接し、共振を始めた時、〝私〟の肉体の内側に起こっているはずの生理的快感は、そのまま、〝私でない人〟の生理的快感そのものになるのだ。その時、〝私〟と〝私でない人〟を隔てていた肉体の壁は溶解する。私はあなたであり、あなたは私である、ということが、肉体のレベルで起こるのだ。その瞬間、〝私〟の自我は崩壊する。自我の拠点である〝私〟の肉体そのものが溶解しているのだから。

この体験は、限りなく〝死〟に近い。あるいは、瞑想や苦行によって到達する至高体験に近い。〝私〟と〝私でないすべてのもの〟との間には、実はなんの境目もなく、したがって〝私〟という存在そのものがない。〝私〟は私であって我々であり、すべてである。

私そのものが無限の宇宙であり、生も死もなく時間もない。神は、そのことを悟らせるために、人に〝私がいる〟という意識を与え、同時に肉体を男と女に分けたまま遺《のこ》したのではないだろうか。

性の営みは、人が最も深い「悟り」の境地に至れる道である。しかし同時に、その最も正反対の境地に陥る道でもある。神はそこに強力な落とし穴を設けているのだ。そのことについて、引き続き考察してみたいと思う。

本来の私

性の営みを通して、人は〝自我《エゴ》〟の崩壊という至福の一瞬を体験することができる。自我のよりどころであったはずの〝私〟の肉体と、他者の肉体との境界線が溶解し、私はあなたであり、あなたは私であるという、愛の究極の境地を体験することができるのだ。だからこそ性は、これほどまでに人を魅惑する。しかもこれが肉体のレベルで、快楽として体験されるからこそ、きわめて強力なのだ。これがもし、肉体を置き去りにした精神のレベルだけで起こることなら、これほど人をとらえることもないだろう。さらに、快楽ではなく、苦痛を通してしか体験できないものなら、これほど人を夢中にはさせないだろう。肉体のレベルで、快楽として起こる自我の崩壊、そこに神の仕掛けた罠《わな》がある。

愛とは、他者のために〝私〟をあけ渡そうとする営みのことだ。〝私〟を捨てて他者に捧《ささ》げられる愛の姿をみた時、私たちは否応《いやおう》なしに感動する。愛の究極の境地とは、結局〝無私〟ということなのだろう。〝無私〟すなわち〝私〟をあけ渡した状態、すなわち自我から解き放たれた状態。性の営みにおいて、このような状態を体験してしまうと、それは忘れがたいものになる。できれば永遠にそのような瞬間《とき》の中に生き続けたい、と思う。しかし、残酷なことに、このような瞬間は決して長続きはしない。多くの場合、男はこの瞬間に参入した直後に爆発的な射精、そして一気に奈落《ならく》の底へ突き落とされてしまう。性の究極において、男は確実に一度〝死ぬ〟のだ。これにくらべて女性の場合はどうなのだろうか。私は男なので本当のところはわからない。ただ、たぶん〝私〟を完全にあけ渡して男を受け入れた瞬間から、新たな〝誕生〟の喜びが始まるのではないだろうか。至福の一瞬の余韻を深く宿し続けるのは女性の肉体のほうだと思う。そしてたぶん、このような瞬間を経て、現実に女性の肉体に新たな〝生命〟が宿るのだろう。

いずれにしろ、この至福の一瞬は決して長続きはしない。残るのはこの瞬間を体験した、という記憶だけである。そして私は再び〝私〟の肉体の中に戻ってゆく。断絶の源でもある肉体の中に戻ってゆく。ここからが少々厄介なことになってくる。あの至福の一瞬の記憶は強烈である。しかも快楽を伴った記憶だからなおさら忘れがたい。できれば、繰り返し繰り返しあの瞬間《とき》の中に参入していたい。しかし、それは決して〝私〟一人の意思や努力でできるものではない。必ず〝私でない人〟、すなわち〝あなた〟の肉体とともに、でなければ参入できない。だから〝私〟は〝あなた〟に対していつでも〝私〟が望む時に、〝私〟であってほしいと望む。あの瞬間《とき》には、明らかにあなたは私であり、私はあなただったのだから、いつまでもそうあってほしいと望む。これが〝恋〟である。ところが、あの瞬間を過ぎた後、あなたは〝あなた〟の肉体の中に戻っている。私は〝私〟の肉体の中に戻っている。

〝あなた〟と〝私〟がそれぞれの肉体に戻っている限り、あなたと私は決して一つではない。肉体こそ断絶の源なのだから。

そこから嫉妬《しっと》や憎悪、怨《うら》みの感情が生まれてくる。〝私〟の思いどおりになってくれない〝あなた〟。〝私〟の願いを叶《かな》えてくれない〝あなた〟。あの瞬間、私はあなたであり、あなたは私であったはずなのに、今は〝私〟と〝あなた〟の間に絶望的な壁が横たわっているように感じる。〝私〟はそれを〝あなた〟の心変わりのせいではないか、と思い始める。〝あなた〟の〝私〟に対する誠実さの欠落ではないか、と思い始める。

〝私〟はこれほどまでに〝あなた〟のことを誠実に想《おも》っているのに……。この感情が〝あなた〟に対する怨みや憎悪に変わってゆく。あの瞬間の記憶が強烈であればあるほど、この感情に陥りやすくなる。〝恋〟と〝怨み〟は同じ源から発した感情の裏と表なのだ。

それではどうして人間は、性の営みを通して〝愛〟の究極の境地を体験しながら、まさにその体験によって、真の愛とは正反対の憎悪や怨みの感情にとらえられてしまうのだろうか。それはたぶん、〝あなた〟と〝私〟の関係から生ずる問題なのではなく、〝私〟と、私の肉体との関係から生ずる問題なのだ。

ふだん私たちは「〝私〟は私の肉体の中にいる」と信じ切っている。肉体こそ〝私〟の砦《とりで》であり、肉体なくして〝私〟はない、と信じ切っている。私の肉体＝〝私〟自身、という構図を、ほとんど意識することもなく自明の理として信じ切っているのだ。すなわち〝私〟は、私の肉体に所有されているのだ。自我はここから生まれている。〝私〟は、肉体の外にあるものを〝私〟でないもの、〝私〟でない人、として認識し、理解し、分析し、愛し、求め、所有しようとする。この、自我を持ったことによって始まったあらゆる人の営みの背後に、肉体に所有された〝私〟がいるのだ。そして、肉体に所有されているからこそ、〝私〟は、断絶の源であるその肉体を越えて〝あなた〟と溶け合おうとする。そして、一度溶け合えたと思った瞬間に、さらに深い断絶を思い知らされるのだ。〝愛〟の究極の境地が、一転して絶望や怨みに変わるのは、肉体に所有された〝私〟がいるからなのだ。

しかし、〝私〟は本当に、私の肉体に所有された存在なのだろうか。ひょっとするとこれは巨大な錯覚なのではないだろうか。これこそまさに神の仕掛けた巧妙な罠なのではないだろうか。

本来、私は肉体に所有されているのではなく、私がたまたまこの肉体を所有しているのではないか。本来の私は、この肉体の外にいて、たまたまこの肉体を一つの道具として使っているのではないのか。そう考えるほうが私にはリアリティがある。だとすれば、本来の私とはいったい何者なのだろうか。

これがいわゆる霊魂、あるいは大いなる自己と呼ばれるものなのだろうか。最近よく〝幽体離脱〟の体験が取り沙汰《ざた》される。私が、私の肉体を離れ、〝私〟を観《み》ているという状態。臨死状態にある人や特別な修行を行っている人、あるいはドラッグの使用中に起こる特別の体験として語られることが多い。しかし私は、これが特別な人に、特別な時に起こる特殊な体験だとは思わない。実は、この〝幽体離脱〟状態こそ、人間の本来の姿なのではないか。本来の私は、肉体の外にいて、この肉体をたまたま素敵な道具として使っている。肉体の中にいる〝私〟は、有限な肉体にとらえられているのだから、当然その有限性の中で、喜び、楽しみ、苦しみ、悩む。しかし、その〝私〟を、本来の私は外からやさしく見つめている。

本来の私は、有限な肉体にとらえられているわけではないから、〝私〟の苦しみや悩みさえも、素敵なこととして見つめていることさえできる。本来の私は有限な肉体にとらえられているわけではないから、いつでもあなたに成りうる。本来の私にとっては、あなたが私であり、私があなたである、という愛の境地こそが普通の状態なのだ。肉体の中にいる〝私〟は、この愛の究極の境地を、性の営みを通して、〝あなた〟とともに、至福の瞬間として体験する。しかしその体験は、肉体の中にいる〝私〟にとっては瞬間の出来事であり、またたく間に雲散霧消してゆく。ところが本来の私にとっては、その至福の瞬間が永遠なのだ。というより本来の私にとっては、時間そのものがないのだ。

至福の瞬間こそ、本来の私であると言ってもいい。

本来の私は、この、道具として与えられた〝私〟が大好きだ。肉体の有限性から生まれてくるさまざまな悩み、苦しみ、喜びを思い切り楽しみたい、と思う。神の仕掛けた巧妙な罠に思い切りはまってみたい、と思う。神はたぶん、本来の私とは何者なのか、を自ら悟らせるために、この不自由な道具としての肉体を私たちに与えたのだろう。

神の罠にはまって、神の罠を抜ける、これが肉体を持った〝私〟の人生なのかもしれない。だから、本来の私には、道具としての〝私〟を、可能な限り磨き、鍛え、繊細で多様性のある道具として保ち続ける責任がある。道具があるからこそ、〝私〟は、悩み、苦しみ、楽しむことができる。そして、この道具があるからこそ、私は、悩み、苦しみ、楽しんでいる〝私〟を、やさしく見つめていることができるのだ。

不自由な肉体を持ってこの世に生まれたことは、なんと素敵な神からの贈り物なのだろうか。

魂に寄り添う旅

カルマ

その日、NHKホールの楽屋裏は異様な緊張感につつまれていた。

二十年ぶりに来日し、みごとな舞台を見せてくれたシャーリー・マックレーン。そのシャーリーに一目会いたいと、終演後の楽屋裏には、そこまで入ることを許された大勢の有名人、VIPが列をつくって待っている。その人々を、申し訳なさそうな顔をした係員が、楽屋から十数メートルほど離れた場所で押し止めている。シャーリーの楽屋のドアが半開きになっていて、まだメイクも落としていないシャーリーの半身が見える。ドアの前にはシャーリーの一人娘・金髪のサチ、そしてその二人の前に、白髪の少し腰の曲がった小さな日本の老婦人のうしろ姿が見えた。声こそ聞こえないが、三人の会話から何か異様な緊張感が漂ってくる。

「ああ、やっぱり現われてくれたんだ、あれは間違いなくEさんだ」

その老婦人のうしろ姿を見ながら私はそう思った。

待ちくたびれたVIPらしき人物の一人が、早くシャーリーに会わせるよう迫っている。

近寄りがたい雰囲気に遠慮していた係員も、ついに意を決したようにシャーリーの楽屋に向かった。

一瞬、シャーリーがこっちを見た。遠目にもシャーリーの目に涙が光るのが見えた。

戻ってきた係員が申し訳なさそうに告げた。

「すみません、シャーリーが今日はもう誰にも会いたくないと言っています。申し訳ないのですが、今日はこれでお引き取りください」

あきらめきれない顔つきで人々が楽屋裏を去ってゆく。

「大女優なんて、やっぱり身勝手なもんだよな」という声も聞こえる。

やがてNHKホールの楽屋裏には、私と主催関係者以外誰もいなくなった。

コンクリートが剝《む》き出しになった殺風景な楽屋裏。閉じられたシャーリーの楽屋のドアの奥から、たぶんサチの声であろう嗚咽《おえつ》がもれ聞こえてくる。

この日、シャーリーの楽屋で起こった出来事を私はあらかじめ予測していた。いや、予測していたというより、私自身がお膳立《ぜんだ》てをした、と言ってもいい。このことが起きることを予測して、私はサチをシャーリーの来日に合わせて日本に招いたのだった。サチとシャーリーとEさん、この三人の日本での二十年ぶりの再会、この再会をもたらすことが、私の、あの頃の役目だったのだ。一九九〇年十月のことだった。

肉体と魂、野性と知性、男性性と女性性、東洋と西洋、自然と科学、生と死、見える世界と見えない世界……、この一見対立する両極のようにも見える二つの世界を、ともに存在の中に抱えて生きなければならないのが、人という種の最も根源的な悲しみであり、同時に喜びでもある。しかし多くの人々は、この一見対立する両極が自らの中に存在するのを認めることを怖《おそ》れ、ほとんど無意識のうちに一方の世界をもう一方の世界で抑圧している。

あるいは、無意識のうちに抑圧できる社会秩序や常識をつくり、安心して生きている。ところが、この対立する二つの世界が自らの中に存在することをいやでも思い知らされ、避けることのできない宿命として受け入れて生き続けなければならない人たちがいる。この人々が抱える生きることの悲しみ、そして、その先にある無限の生きることへの喜びに、私は深い共感を覚える。だから私は一休の風狂の禅の境地が好きだ。

皇族が南朝と北朝に分かれ、殺し合った室町の戦乱期に、北朝系の後小松天皇を父に、南朝系の皇族を母にもち、自らの血の中に相争う南朝系・北朝系を抱えていた一休禅師。

第二次世界大戦中、来栖《くるす》三郎特命全権大使を父に、アメリカ人アリス夫人を母にもち、ゲーリー・クーパーのような顔立ちながら、日本陸軍航空隊のパイロットとして、終戦間際に、東京空襲に来たB29との戦闘で戦死した来栖良《りょう》日本陸軍大尉。

そして、外見は典型的なアメリカ女性でありながら、三歳でアメリカの母のもとを離れ、日本で日本女性としての魂を育《はぐく》まれたサチ。

この、時代も生き方もまったく異なるかに見える三つの魂が、私の中で一瞬交叉《こうさ》する時があった。

この時から私は、この三つの魂に寄り添う旅を始めたような気がする。この旅の行く先はまだ私にはわからない。もちろんこの旅はまだ始まったばかりである。NHKホール楽屋裏でのEさんとサチとシャーリーの再会は、いわばこの旅の現実のレベルでの（身体のレベルでの）出発点だった。


私が初めてシャーリー・マックレーンのことを意識したのはもう十年ほど前、来栖良大尉の生涯を映画化したいと思い、一年がかりの取材を終えてシナリオを書き始めた頃だった。

〝鬼畜米英〟が叫ばれた時代に日本国内にとどまり、自分の愛する息子を母国との戦争で失ったアメリカ生まれのアリス夫人。このアリス夫人の役を演じられるのはシャーリー・マックレーンしかいないと思い、彼女を思い浮かべながらシナリオを書いた。シャーリーが大変な日本びいきで、六〇年代にはたびたび日本を訪れていることを、当時の週刊誌で知っていたからだった。ただ、この頃の私にとってシャーリーはスクリーンや雑誌でのみ会えるハリウッドの大女優であって、直接コンタクトできる方法などまったく思いも及ばなかった。

シナリオが完成し、映画の現実化を模索し始めた頃だった。私がアリス夫人にシャーリーを想定していることを知ったある人から、シャーリーが書いた面白い本があるから、と一冊の本をプレゼントされた。『アウト・オン・ア・リム』(角川文庫)だった。この本については詳しい説明は不要だろう。妻子ある男性との運命的な出会い、恋と性の葛藤《かっとう》、その葛藤とともに進行した精神世界への旅、そしてその旅の中で体験するさまざまな超常現象、輪廻転生《りんねてんしょう》。西洋社会では口に出すことさえ憚《はばか》られた体験をシャーリーは赤裸々に告白し、全世界に衝撃を与えた。

この本を読んだ時、私は初めてシャーリーが自分にとってきわめて身近な女性であることを知った。この本に書かれた魂と肉体の遍歴の旅は、ほとんど私自身が、私自身のこととして知っていることだった。それから一年後にシャーリーの二冊目の本が出版された。『ダンシング・イン・ザ・ライト』(角川文庫)。この本の中でシャーリーは初めて娘サチについて詳しく語っていた。初めて生まれた娘になぜサチという日本女性の名をつけたのか。なぜ三歳という最も母親の存在が身近に必要な年齢の娘を、遠い異国である日本に送ったのか。そして、日本の言葉、日本の文化、日本の自然の中で育ったサチが成人してアメリカ社会に帰った時の困難さを、母としての愛といらだちの中で語っていた。

外の世界に対して、いつも受け身の姿勢で生きようとするサチ。自我を可能な限り表面に出し、互いに競争しながら生きることを善とするアメリカ社会の中で、サチのような魂を持った女性が生きるのは大変困難だ。シャーリーにはそれが痛いほどわかっている。しかも、サチにその人生をもたらしたのは、サチ自身の選択ではなく、シャーリーの選択だった。私はこのサチとシャーリーの関係と、私が映画化しようとしていた来栖良大尉とアリス夫人との関係に、なにか運命的なつながりを感じた。この時私は初めてサチとシャーリーに本気で会いたいと思った。

そしてもう一つ、『ダンシング・イン・ザ・ライト』の中で、シャーリーは私にとって衝撃的な告白をしていた。自分の前世の一人が（シャーリーはこの世に何度も輪廻転生しているという）、室町の戦乱期に生きたある日本女性だった、というのである。風狂の禅師一休が晩年に出会い、八十八歳で大往生を遂げるまでともに過ごした盲目の琵琶《びわ》奏者〝しん女《によ》〟。一休としん女の愛と性の姿にこそ、陽のエネルギーと陰のエネルギーを調和させた一休の禅の究極の境地がある、とシャーリーは語っていた。シャーリーは、この前世を当時最も信頼していたアメリカのチャネラー、ケビン・ライヤソンから伝えられたのだという。仮にチャネラーによって自分の前世が伝えられることがあるにしても、シャーリーはどうして日本人さえもほとんど知らない〝しん女〟という室町時代に生きた女性のことを、これほど詳しく知っているのだろうか。この時から私は、一休としん女の関係を知るための調査の旅も始めた。この調査の旅が後のシャーリーとの出会いにどのように関わっていったかは、稿を改めて書くことにする。

私が初めてサチに会ったのは、この二冊の本を読んでから二年後の、一九八九年の十月だった。仲介をしてくれたのはその年の春に来日したチャネラー、ケビン・ライヤソンの通訳だった中国系のアメリカ人リリーだった。リリーは来日の直前に、まったくの偶然に、ロサンゼルスでサチと出会っていた。リリーも若い頃日本で育っており、これもまたまったくの偶然に、サチが通った西町インターナショナルスクールの同窓生だった。この偶然が二人を急激に結びつけ、無二の親友になっていた。そのおかげで私は思いがけず早く、まずサチと会うことになった。ロサンゼルスのあるカジュアルなレストランだった。

初めて会ったサチは、その瞬間に抱擁することになんのためらいも抵抗も感じないほどなつかしい女性だった。初対面のサチに私は来栖大尉の生涯を話した。サチは泣いた。レストランの周囲の客のことも忘れて声を上げて泣いた。そして、自分の日本での少女時代の寂しかった体験、悲しかった思い出などを次々と堰《せき》を切ったように話し続けた。その話は、シャーリーの本に書かれていたサチとは違う、サチ自身が体験した赤裸々な現実の話であった。そこにはサチの父と母、すなわち日本を愛し、日本にとどまってしまった父と、映画の都ハリウッドに帰り、刻々と世界的女優としての地位を築いていった母との、男と女の葛藤の影があった。サチは、こんな話は母シャーリーにもしていない、と言った。別れぎわにサチは私に、ある女性を捜してほしい、と頼んだ。それがEさんだった。

Eさんは、サチの教育係として三歳頃から彼女の日本でのお母さん代わりを務めた人だった。そのEさんが、ある日、サチのまったく知らない間にサチの前から姿を消した。サチの父から突然免職を言い渡されたのだった。幼かったサチにはその間の事情がまったくわからなかった。Eさんを信頼し切っていたシャーリーにもその事情が飲み込めなかった。

そして三十年近い空白の時が流れた。私はサチに、必ずEさんを見つけ出すと約束した。それがサチとシャーリーの間の、そして日本とアメリカの間の複雑に絡んだカルマを解きほぐす鍵《かぎ》だと思ったからだった。

一休としん女

一九八九年末頃から一九九〇年末にかけて、シャーリー・マックレーンと娘のサチと私の間に起こったさまざまな、偶然とは思えない出来事の連続を考えてみると、我々の間には何か前世の因縁があるのでは、とさえ思いたくなる。

もし本当にそういうものがあるのなら、私も有能なチャネラーを通して、明確な理由を教えてもらいたいとも思う。しかし、一方で私は、そんなことは簡単には知りたくはない、とも思っている。もし仮に今の私の人生が本当に前世の因縁やカルマによって動かされているのだとしても、それはたぶん、今の自分の現実の生活の中で、自分自身の手で学んでいけばいい、そのほうがずっと面白い、とさえ思っている。私の周辺には、私が大変好感を持っているチャネラーや超能力者が大勢いるのだが、私は自分自身のことについては一度も尋ねたことがない。そんな生き方がまた私のカルマなのかもしれない。

シャーリーの娘サチから、自分を日本で育ててくれたEさんの行方を捜してほしいと頼まれたのは一九八九年十月のことだった。帰国後、さまざまな手を尽くしたが、Eさんの行方はさっぱりつかめない。六〇年代にサチと父のパーカー氏（シャーリーの前夫）が住んでいた代々木上原の家の跡を訪ねたり、サチが通った西町インターナショナルスクールに問い合わせたりしたが、当時のことを知る人はほとんどいなかった。たまたま手に入った五〇―六〇年代の週刊誌記事の中で、当時たびたび日本を訪れていたシャーリーとパーカー氏が、伊勢湾台風で被害を受けた小学校に百台ものピアノを寄付したこと、サチが日本舞踊を習っていたこと、パーカー氏がプロデューサーとなり、シャーリーが主演した映画『マイ・ゲイシャ』が京都で撮影されたことなどを知った。

当時の日本はまだ第二次大戦からの復興途上にあり、アメリカは、我々日本人にとっての夢と憧《あこが》れの地であった。日本に住んでいたパーカー氏は『ホリデイ・イン・ジャパン』というショーを組んでアメリカツアーを行い、日本の芸能人をアメリカに紹介する仕事もしていたようだった。そんな記事や資料によって、映画評論家の小森和子さんが当時のシャーリーやパーカー氏と親しかったことを知った。そこで私は小森和子さんに連絡をとり、パーカー氏の消息を尋ねてみた。そしてパーカー氏が数年前まではまだ日本に住んでおられたことを知った。

小森さんも、ここ数年は会っていないので現在の消息は知らない、とのことだった。小森さんから教わった数年前のパーカー氏の自宅に電話をしてみた。電話口に出てこられた日本人の女性は〝ミセス・パーカー〟だと名乗られた。私は丁寧に、サチから依頼されて

Eさんの行方を捜しており、その件でパーカー氏にお目にかかりたい、と告げた。するとたんに〝ミセス・パーカー〟の声のトーンが変わった。はっきりとした拒絶のトーンだった。シャーリーとの件については一切答えたくない、またパーカー氏も最近は香港《ホンコン》の家にいるほうが多く、いつ日本に帰るかはわからない、との返事だった。

私がもし週刊誌の記者で、この件に関する記事を書く義務を負っているのだとすれば、もう少しねばってパーカー氏と会う方法を強引に見つけたかもしれない。しかし、もちろんそんな義務は私にはないし、まず第一に私は、人が嫌がることを強引に尋ねることなどしたくない。それに〝ミセス・パーカー〟の声のトーンの中には、シャーリーやサチに対する嫌悪《けんお》のエネルギーのようなものさえ感じる。たぶん、男女の確執に絡む癒《いや》しがたい心の傷がのこっているのだろう。

私はこのルートからEさんの行方を捜すことを諦《あきら》めることにした。そして、Eさんを捜す手だてをまったく失ってしまった。

その当時私は、もう一人の女性を捜す旅を始めていた。

シャーリーが自分の前世であると告白した〝しん女《にょ》〟である。

しん女は、一休禅師が晩年に出会い、八十八歳で大往生を遂げるまで京都府田辺の薪村《たきぎむら》の庵でともに過ごした、といわれる謎《なぞ》の女性である。一休は晩年の詩集『狂雲集』の中でたくさんのしん女に関する詩を詠んでいる。その詩の多くが大胆な性と愛の詩であり、中にはしん女の性器に口づけをする、というような表現すらある。一休を室町時代の高潔なる禅の名僧と考える日本の禅の研究家たちにとっては、この一休としん女の関係だけは理解の枠を越えるものらしく、多くの研究書の中で、しん女との関係はほんの小さなエピソードとして短く扱われているか、あるいは、一休が仮構した空想の存在として無視されていた。

こんな、我々日本人すらほとんど知らないしん女の存在を、アメリカの大女優シャーリー・マックレーンが詳しく知っており、さらにそれが自分の前世であると語っている。こんな不思議な話があるだろうか。そう思った私は、このしん女の存在を可能な限り史実をもとに調べてみようと思ったのだ。シャーリーは著作『ダンシング・イン・ザ・ライト』の中で、しん女が自分の前世であるということをチャネラーのケビン・ライヤソンから告げられたのだ、と書いている。

もし仮に、優秀なチャネラーによって時代を越え、文化や言語を越えて前世がわかることがあるにしても、日本の文献にすらほとんど現われてこない、しん女に関する史実的なことをどうしてシャーリーが知っているのだろうか。シャーリーは、一休の禅の境地はしん女との出会いによって完成されたのだと言う。男性と女性の和合、肉体と魂の融合、陰と陽のエネルギーの調和、見える世界と見えない世界の統一、シャーリーはこの一休の禅の境地を紅糸禅《レッド・スレッド・ゼン》と呼んでいる。八方破れの風狂禅といわれる一休の禅の境地をこのように解釈することには私も賛成する。私は『狂雲集』に描かれた性の描写がほとんど一休の現実の体験から生まれていると確信できる。

それにしても、シャーリーのこのようなしん女と一休に関する〝知識〟は、すべてチャネラーによって超自然的な方法で伝えられたものなのだろうか。それとも、私の知らない何か一休に関する英訳本でも存在していて、それをシャーリーは読んでいるのだろうか。次々と湧《わ》き起こってくる疑問を少しでも解きたいという思いから、私はしん女を探す旅を始めたのだった。

最初に訪れた京都府田辺の酬恩庵《しゅうおんあん》（通称一休寺）で、早くも不思議なことに出くわすことになった。酬恩庵は、その敷地内に一休としん女が晩年をともに過ごした小さな庵・虎《こ》丘庵《きゅうあん》があるお寺である。一休は最晩年に、やむを得ず京都の大徳寺の管長に就任するのだが、その儀式を終えるとさっさとこの虎丘庵に戻り、よほどの必要があって京都に出る以外、ほとんどの時をしん女とともにここで過ごした。そしてここで八十八歳で大往生を遂げている。初めて訪れた時には、後に私がシャーリーを伴ってこの寺を再訪することになるなど、思いも及ばなかった。

ご住職の案内で本堂にある一休の木像と対面した後、虎丘庵に案内された。この庵は室町時代の茶室建築風の六畳一間に小さな次の間のついた建物であった。寺にのこっている古文書によれば、この庵はしん女が、自分の持っていた錦《にしき》の衣を売って一休のために建てたのだ、という。ご住職にこの話を聞いた時、私の中にある疑問が湧いた。俗説によれば、しん女は素性の知れぬ盲目の瞽女《ごぜ》であり、大阪の住吉神社（現在の住吉大社）で門《かど》づけをするしん女を哀れに思った一休が面倒をみるようになったのだ、とも言われている。しかし、そんな素性も知れぬ瞽女が、どうしてこの庵を建てることのできるほど立派な錦の衣を持っていたのだろうか。この点はもっと追跡してみる必要があるな、とその時思った。

ご住職とそんな会話を交わしていた時、ふと次のようなことをもらされた。

「時代の流れというのは不思議ですね。今まではしん女のことなど尋ねてくる人はほとんどいなかったのに、つい先日も、あなたと同じようにしん女のことを詳しく知りたいという人が訪ねてきたんですよ。京都の創作舞踊家の西川千麗《せんれい》さんという方です。なんでもしん女の生涯を創作舞踊にして踊りたい、とのことでした」

それまで私は西川千麗さんとはまったく面識もなかった。ご住職から千麗さんの連絡先を聞き、早速会うことになった。千麗さんはシャーリーの本のことはまったく知らなかった。ただ唐木順三作の『しん女』という本と『狂雲集』の中にある一休のしん女に関する詩を読み、一休としん女の関係に強く魅《ひ》かれたのだという。一休の中にあるしん女、しん女の中にある一休、一休としん女は結局ある一つの魂の表と裏なのだ、というのが千麗さんの直観だった。

こうして、千麗さんの創作舞踊『しん女』が完成するまで、私と千麗さんは一緒にしん女を捜すことになった。

この千麗さんが、実は、幼い頃のサチに日本舞踊を教えていた故西川鯉三郎師の最後の内弟子であった、ということがわかったのは、しん女を捜し始めてしばらくたってからのことであった。きわめて現実的な興味から出発したこの旅が、ひょっとすると何か見えない糸に操られているのかもしれない、とその時初めて思ったのだ。

紅糸禅

アメリカの大女優シャーリー・マックレーンが、自分の前世であると語ったしん女《によ》とはいったいどんな女性だったのだろうか。

一休禅師が晩年に出会い、八十八歳で大往生を遂げるまでともに暮らしたこのしん女という女性については、記録らしい記録はほとんど遺《のこ》っていない。前にも書いたように、二人が晩年を過ごした薪村の一休寺虎丘庵にある古文書、弟子の墨斎《ぼくさい》が師の没後に書いた年譜などにいくつかの客観的記述はあるが、大部分は一休の詩集『狂雲集』の中で、一休が詠んだ数多くのしん女に関する詩から類推する他はない。

『しん女』の創作舞踊を志しておられた西川千麗さんと私は、一休・しん女の魂の痕跡《こんせき》を追って、縁《ゆかり》の地を次々と訪れた。

一休としん女が初めて出会ったといわれる大阪の住吉大社を訪れた時のことだった。境内に遺されている石舞台の上に千麗さんが何気なく上がり、これから舞うであろう〝しん女〟の踊りの動きを探るように小さく舞い始められた。その姿はまるで、五百年の歳月がたち、もうほとんど希薄になってしまったしん女と一休の出会いの瞬間の〝気〟を、その場の空気中から誘い出そうとされているようにみえた。その時私はふとあることに気づいた。

この頃までに私は一休寺の木像を見、頂相と呼ばれる一休の画を数枚見ていたので、一休の姿や顔についてはかなり明確なイメージを持っていた。しかし、しん女については具体的な姿形を想像することすらしていなかったのだ。しん女もまた一休と同じように現実の肉体を持った存在であったはずだ。だからこそ一休との間にあの愛と性の出会いがあり、『狂雲集』が生まれたのだ。もし見られるものならしん女の姿も見てみたい。

その手がかりが一つだけあることがわかった。

大阪の正木美術館に、一休としん女が一緒に描かれた画が一枚遺っている、という。私は早速正木美術館を訪れた。

初めて見るしん女の姿は、神社で門《かど》づけをしていた瞽《ご》女《ぜ》だったという噂《うわさ》とは異なり、どこかに優雅な気品を漂わせた美しい女性であった。真紅の衣を身にまとい、腰のあたりを豊かな打掛けのような別の衣につつんだ座り姿だった。右手の下には鼓が一つ置かれている。閉じた切れ長の眼、ふくよかな頰《ほお》、広い額、いかにも貴族風の顔立ちである。しん女もまた、生い立ちに何か秘密を持つ人なのだろうか。そう言えば『狂雲集』の中に、一休が自分の生い立ちと、しん女の生い立ちとの共通性を思って詠んだとも読める詩がある。

一休は北朝系の後小松天皇と、南朝の血を引く母との間に生まれ、南朝系の抹殺を謀る足利幕府の手が一休に及ぶのを怖《おそ》れた母が、六歳で僧籍に出した人である。

そんなことを思いながらもう一度画をよく見てみると、あることに気づいた。しん女が座っている畳の縁《へり》が、みごとな五色の錦《にしき》で彩られている。このような畳の上に座るのは、普通は皇族か、その血を引く者だけである。ひょっとしてしん女もまた南朝系の血を引く女性なのだろうか。そんな想像が次々と湧《わ》き起こってくる。そう言えば住吉神社は、十四世紀末、南北朝の和解が一度成立しかけていた時に、吉野の山奥・天河のあたりから降りて来られた後村上天皇が一時居を構えられた住吉行宮《あんぐう》のあった場所でもある。一休としん女が出会った十五世紀の中頃でもまだ南朝系の強い影響下にあったことは間違いない。だとすれば南朝系の血を引く盲目の女性が、この神社に匿《かくま》われていたとしても不思議ではない。一休としん女の出会いの奥には、どことなく南北朝時代の骨肉の争いや、抹殺された南朝系の悲劇の匂《にお》いがする。もちろんこの程度の情報量でそうだと断定することはまったくできない。ただ私は、自分自身の直観としてそのように思ったのだ。

『狂雲集』の中に詠《うた》われた一休の愛と性の境地と、二つに引き裂かれ相争う世界を否応《いやおう》なく自分自身の肉体の中に抱えて生きなければならなかった彼の魂との間には、何か深いつながりがあるような気がするのだ。

人間は、自分の中に存在する相対立する二つの世界を、すり変えたり、無視したりせず、認め、愛し、抱え切った時にこそ、その対立を抜けてすべてを受け入れられる愛の境地に到達できるのだと私は思う。そのことを男性は女性から、女性は男性から最も深く学ぶことができる。一休は生涯南北朝の相克を血の中に抱えて生きた人である。しかも後小松天皇の子であることを生涯自分の口からは語らず、華《はな》やかな名誉や権力の世界を嫌い、世の中のあらゆる既存の価値を無視する風狂無頼の境地を生きた人である。その一休が晩年に、自分と生い立ちを同じくする美しい一人の女性に出会った。しかもその女性は目が見えなかった。一休にはその女性の美しさが見える。しかしその女性には一休の老いの醜さは見えない。いや、見えないというより、一休の姿形は彼女にとってなんの意味もない。地位や名声も関係がない。彼女にあったのは、一休の魂に対する純粋な愛と、与えることのできる若く美しい肉体、そして音楽であった。一休はしん女との出会いによって、生涯で最も深い安らぎと喜びを得たのだろう。だからこそ一休は大往生の直前にしん女に対して深い感謝の詩を捧《さき》げているのだ。

自分はしん女の生まれ変わりである、と語ったシャーリー・マックレーンは、その著作『ダンシング・イン・ザ・ライト』の中で次のように書いている。「女性のエネルギー、つまり陰のエネルギーは見えない世界の力であり、男性のエネルギー、つまり陽のエネルギーは外に表現された力である。女性は見えない世界の知識、宇宙の秘密を保持しており、男性はその女性を内部サポートシステムとして外に向かって表現して来た。世界が真に調和のとれた状態になるためには、一人一人が与えられた肉体の中にこの両方のエネルギーが存在することを認識し、バランスを取る必要がある。一休としん女の愛の姿は、この陰・陽のエネルギーが見事に調和した姿であり、それが一休の紅　糸《レッド・スレッド》禅《ゼン》の究極の境地である」。こんなことが書けるシャーリーはやはり本当にしん女の生まれ変わりなのだろうか。

千麗さんと私のしん女捜しの旅もいよいよ大詰めに近づき、私たちは京都・大徳寺の真珠庵を訪ねた。ここは一休没後の菩提寺《ぼだいじ》で、一休関係の資料の宝庫でもある。現住職の山田宗敏老師は当代きっての名僧として名高く、また何事にもとらわれない一休直伝の禅風を受け継がれるきさくな方でもある。

この真珠庵で私たちはいくつかの新しい発見をした。一つは、五百年前この寺で催された一休の十三回忌の香こ帳の中にしん女の名を見つけたことである。この香こ帳には、当日来場してなにがしかの寄進をした二百名近い女性の名が記されており、一休がいかに当時の女性たちに人気があったかを示していた。

しん女の名は有名な高弟たちの名とともにかなり最初のほうに記されており、〝しん〟というところに〝森〟という字が当てられていた。この〝森〟という名が、後にしん女が南朝系の出であることを示す一つの手がかりになるのだが、この点については長くなるので別の機会に譲ることにする。

シャーリー・マックレーンがしん女を自分の前世であると語っていることを告げると、山田老師はいとも平然と、「そんなことがあってもちっとも不思議ではないですな」と笑っておられる。そこで私は「日本人の私たちでもほとんど知らないしん女のことを、どうしてシャーリーがあんなにも詳しく知っているのでしょうか？」と尋ねてみた。すると老師は少し考えた後一度部屋を退かれ、やがて一冊の本を持って戻って来られた。『Unraveling Zen's Red Thread』、直訳すれば、〝禅の紅い糸をときほぐす〟とでもなるのだろうか、アメリカ人の女性東洋美術学者、ジョーン・コーベル博士によって書かれ、一九八一年にアメリカで出版された一休の研究書であった。コーベル博士は一九七一年に来日し、山田老師の下で一休の禅を学び、およそ十年かかってこの本を著わしたのだという。この本は日本語には翻訳されていない。

私はこの本のタイトルを見て、シャーリーが一休の禅のことを〝紅《レッド》・糸《スレッド》・禅《ゼン》〟と呼んでいる理由が初めてわかった。さらにこの本では、日本の男性学者が書いた一休の研究書とは異なり、一休としん女の愛に関して、『狂雲集』の詩を引用しながら大きな一章を設けている。「最高の愛の生活《ラブ・ライフス・アペックス》」と名づけられた章の中で、コーベル博士は男性エネルギー（陽）と女性エネルギー（陰）の調和の中に人間の理想の姿があることも書いている。

シャーリーがチャネラーの超能力によってのみしん女のことを知ったのではないことがわかり、ある意味で私はほっとした。しかし、だからと言って、そのことによってシャーリーの本の価値が変わるわけではまったくない。いやむしろ、コーベル博士はアメリカ人であり、女性であったからこそ、日本の男性学者たちが見て見ぬふりをしてきた一休＝しん女の禅の本質を鋭く見抜き、それを読んだシャーリーが自分自身のこととして受けとめ、自分の本の中で引用しているのだ。その意味で、シャーリーはまさに二十世紀末のしん女＝一休の生まれ変わりだ、ということもできるのだ。

一九八九年末、千麗さんの〃しん女〃は完成し舞台にのぼった。私は写真家の十文字美信氏に真珠庵の一休木像の写真を撮ってもらい、大きく拡大して劇場ロビーに飾った。二十世紀末に〃しん女〃が甦《よみがえ》る時、一休もまた側《そば》にいてもらいたかったからだ。

公演の後、その写真を持って、いよいよシャーリーに会いにアメリカに渡ることになった。それまで何度か行き違っていたが、今度こそ本当に会ってくれるという返事だった。

〃氷の塊〃

一九八九年十二月、ロサンゼルスで現実にシャーリー・マックレーンと会うまでに、私は何度か渡米してシャーリーと会うチャンスを模索していた。しかし、そのつど不思議な障害が起こって会えないでいた。一度などは、明日シカゴの公演を終えてロスに戻るのでその時会いましょう、という約束までもらっていたのに、その日シカゴの舞台でシャーリーは足をけがしてそのまま入院してしまった。

その頃私は、娘のサチとはすでに兄と妹のような心の関係ができていて、渡米するたびに会い、彼女の幼い頃からの辛《つら》かった思い出話をたくさん聞かされていた。その告白を聞くたびに私は、サチとシャーリーの間に、シャーリーの本に書かれている母娘関係とは少し違った、凍りついたまま遺《のこ》っている何かがあると強く感じていた。普通の母娘関係であれば、サチに頼んでシャーリーに会うこともごく気楽にできたかもしれない。しかし、サチの場合はそれは絶対の禁句であることがすぐにわかった。もし私がひと言でもそんなことを言い出せば、今まで私を受け入れていたサチの心がみるみるうちに凍りつくであろうことが手に取るようにわかるのだ。サチはこれまでに何度もそんな経験をしているのであろう。サチが自分で、自分の心の中にあるその〝氷の塊〟を溶かすまでは決して踏み込んではならない領域なのだ。それが今私に心を許してくれているサチへの精一杯の〝愛〟であろう。だから私は、サチとの関係とはまったく別個にシャーリーとの交渉を続けていた。

それにしても私はどうしてサチの心の中にある〝氷の塊〟がこんなにも気になるのだろうか。日本とアメリカ、父と母、母と娘、二つに引き裂かれた〝愛〟を一つの身体の内側に抱えて生きるサチ。そのサチの〝悲しみ〟がサチの身体を縛っている。この〝悲しみ〟こそ最高の〝愛の喜び〟に転化できる力の源であるのに……。

何度かの延期の後、今度こそ本当に会いましょう、という連絡がシャーリーから入った。シカゴでの傷もすっかり癒《い》え、地元ロスでの公演準備もすべて終わった初日の前日のことだった。

場所はハリウッドの高級住宅街にあるダンススタジオ、シャーリーはそこで一緒に出演するダンサーたちとともに、明日から始まる初日に備えて最後の調整をしていた。私は、西川千麗さんの『しん女』の公演のために撮影した大徳寺真珠庵の一休木像の写真を携え、仲介役をしてくれたリリーとともにスタジオを訪れた。

シャーリーは五百年以上も前に愛し合った男の顔を覚えているのだろうか。真珠庵の一休木像は恐ろしいほどにリアルな像である。この写真を撮ってくれた写真家の十文字美信氏は、ひょっとするとこの木像のお顔の内側には一休の本当の頭蓋骨《ずがいこつ》が入っているのではないか、とさえ言っていた。一休ならそんないたずらもやりかねないな、と私は思っている。この世の煩悩一切からの解脱をめざした一休が、死後に仏像でもなく記念像でもないきわめてリアルな等身大の像を遺《のこ》したことは、非常に深い意味がある。

この木像は、仏像のように対面する者に永遠の安らぎを与えてくれるものではない。また権力者の記念像のように、後世に自分の栄誉を遺そうとする俗っぽい匂《にお》いもない。ただただ恐ろしいほどにリアルなのだ。一休木像の髭《ひげ》や髪は、実際に生前の一休の肉体から取って植えつけたのだとさえ言われている。この木像に対面していると、ただ安易に仏の愛にすがろうとする他力本願の心や、生前の人の思い出に浸ろうとするセンチメンタリズムは一気に吹き飛ばされてしまう。肉体の生死《しょうじ》にとらえられることから生まれてくる私たちの煩悩を笑い飛ばしているようにさえ見える。

解脱とは、煩悩を否定することではない。肉体を持って生きていること自体が煩悩なのだから、その煩悩を全方位に向かって全面解放し、そして何事にもこだわらない。何をしてもよし、何をしなくてもよし。こんな一休の境地がそのままそこにある。一休の木像はただの〝物〟でありそして同時に〝生き〟ている。この一休の姿に五百年ぶりに再会した時、シャーリーは何を想《おも》うのだろうか。

シャーリーのダンススタジオは美しい緑に囲まれた簡素な木造の建物の中にあった。飾り気のない玄関を入るとすぐのところに控え室兼事務室のような部屋があって、開け放たれたドアから、机の角に腰かけて舞台監督らしい男と話をするタイツ姿のシャーリーが見えた。

私とリリーの姿を見つけたシャーリーは、まるで旧知の間柄だったように気楽に私たちを迎え入れてくれた。シャーリーは私のことを最初から〝ジンさん〟と呼んだ。たぶんリリーやサチから何度も私の名を聞いていたのだろう。シャーリーは私たちをスタジオの中に案内し、自分の手で運んでくれたパイプ椅子《いす》をすすめ、最後の仕上げのリハーサルをするので少し待っていてくれるように言った。こんなシャーリーの態度に私はちょっと安心した。これならシャーリーは私の申し出を意外にあっさりOKしてくれるかもしれない……。

実は私は、この頃撮影を開始していた映画『地球交響曲《ガイアシンフォニー》』の登場人物の一人としてシャーリー・マックレーンを考えていた。公的な立場を持つ人間が、自らの超自然的な体験を公的に告白することは命取りになると思われていた時代に『アウト・オン・ア・リム』を書き、世界中の人々に衝撃と勇気を与えたシャーリー。そんなシャーリーが、もし五百年前の恋人一休に会うために日本を訪れてくれて、その場面が撮影できるなら、きっと素晴らしい『地球交響曲』の一楽章ができるに違いない。輪廻転生《りんねてんしょう》とは何かを、シャーリーがわかりやすく教えてくれるかもしれない。

ただ『地球交響曲』の他の出演者たちと違って、シャーリーだけは〝映画女優〟である。ジャンルはまったく違うといっても『地球交響曲』は映画であり、それに出演するとなると、どうしてもハリウッド映画ビジネスの複雑怪奇なルールがさまざまに絡んでくる。普通シャーリーのような大女優が映画に出るとなると、その出演料だけで『地球交響曲』の全予算は吹き飛んでしまうのだ。可能性はシャーリーの善意と私への信頼感だけであろう。だから私はシャーリーとの交渉をきわめて慎重に運んでいたのだった。

初対面のシャーリーの態度は、そんな私をほんの少し安心させてくれた。リハーサルが終わったら、まず一休の写真をシャーリーに見せようと思いながら、私はスタジオの隅のパイプ椅子に腰を下ろした。

リハーサルが始まった。自分よりはたぶん三十歳ほど年下であろうパートナーと組んで踊り始めたシャーリーの動きは、まったく年齢を感じさせないほど美しく、しなやかだった。シャーリーが〝見えない世界〟の存在に気づき、その探究の旅を始めたきっかけには、彼女のダンサーとしての体験が深く関わっている、と私は思っている。彼女は幼い頃からクラシックバレエを習い、十八歳の時コーラスガールとして芸能界に入った。そして四十年近くたった今も、舞台で観客を魅了する身体と技を保ち続けている。

身体で美を表現しようとする者にとって、自分の身体を外から見つめるもう一つの眼は不可欠だ。踊っているのも自分自身だけれども、その自分の身体を外から見つめ、多くの観客が感動する美しさに向かって操っているのもまた自分自身である。優れたダンサーやスポーツマンは必ず〝幽体離脱〟の体験を持っている。たとえば、真珠庵の石庭の前に座り静かに魂の旅の話をするシャーリーが、華《はな》やかな舞台の上で、裸に近いスタイルで足を上げ、宙に舞い、陽気な微笑《ほほえ》みで観客を魅了する。こんな場面が撮れればどんなに素晴らしいだろうか。そんなことを想像しながら私はリハーサルを観《み》ていた。

その時だった。

突然、地の底から湧《わ》き上がったような絶叫がスタジオ中に響き渡った。最初私には、その絶叫がどこから聞こえたのかすらわからなかった。人間の声だとすら思えなかった。それまで頭の中で夢想していたさまざまなイメージが一瞬のうちに吹き飛び真っ白になった。

ふと見るとスタジオの床にシャーリーがうずくまっている。そのシャーリーが、顔を歪《ゆが》め、手で膝《ひざ》を押さえ、まるで女性のものとは思えない激しい声と口調で自分の身体を罵倒《ばとう》し続けている。その怒りのあまりの激しさに、まわりのダンサーたちは助け起こすのも忘れ、凍りついたように立ちつくしている。

いったい何が起こったのだろうか。見ていた限りでは、シャーリーの足が衝撃を受けるような動きはまったくなかった。絶叫が聞こえたのはパートナーのダンサーが背後からシャーリーを支え、空中に高く持ち上げたその時だった。だから少なくともぶつかるとか落ちるとかいった衝撃のせいではない。しかし現実にシャーリーの足に何かが起こったのだ。

冷静さが戻るにつれて、ことの重大さがはっきりしてきた。明日から始まる予定の二週間の公演が一切キャンセルになるのだ。この久しぶりの地元での公演に向けて、シャーリーは数週間前からロスのテレビ・雑誌などに次々と出てPRをしていた。

そんなシャーリーの心を思うと私はいても立ってもいられなくなって、まだうずくまったままのシャーリーに近づいた。手を差し出すとシャーリーは素直に私に手を委《ゆだ》ね、ゆっくりと立ち上がった。シャーリーに肩を貸し、ゆっくりと歩みながら、私は本当に不思議な気持ちになっていた。

いったい私は何をしているのだろうか。『アウト・オン・ア・リム』を読み、シャーリーに会いたいと思ったのが三年前、それから何度もアプローチしては失敗し、その間に娘サチとはすっかり親しくなり、千麗さんの『しん女』を手伝って完成し、『地球交響曲』を撮り始め、他の出演者の撮影はほとんど終え、そして今ようやく現実にシャーリーと会った。その私が会ったとたんに目の前で絶望のどん底に落っこちてしまったシャーリーに、ただ肩を貸して歩いている。

一年前、シャーリーが会うと約束してくれた時にも彼女は足をけがして会えなかった。この二つの出来事に何かつながりはあるのだろうか。

こんなことが起こってしまった限り『地球交響曲』への出演の話などできるわけがない。

また、したくもない。今、痛みと絶望に耐えながら私の手を握り、肩に寄りかかって歩むシャーリーに何とかして力を貸したい。しかし、さっき会ったばかりの私に、こうして肩を貸して歩む以外何ができるというのか。

握った手から、シャーリーの言葉にならない孤独が伝わってくる。私はせめてその孤独が、握った私の手を通して、私の身体の中へ拡散してくれることだけを願っていた。

病院に向かう車に乗ってシャーリーが去った後、渡そうと思っていた一休の写真が手元に残った。スタジオの窓から差し込む木漏《こも》れ陽《び》の影を映した一休の顔は、まるで何事もなかったかのように微笑んでいた。

シャーリーとの間には、まだまだ越えなければならない何かがあるんだな、とその時思った。

シャーリーとサチ

　私たちは旅に出る時、その旅に出る理由や目的、意味があらかじめはっきりとあるから旅に出るのだ、と思っている。ところが、いざ旅立ってみると、そんなあらかじめ持っていた旅の目的や意味は、実は私を〝旅立たせる〟ための単なる動機にすぎないのであって、その旅の真の意味や目的はまったく別にあるのだ、と気づくことがある。そうなってくるとその旅は面白くなってくるし、ひょっとすると旅とは本来、そういうものなのかもしれない。

　シャーリーやサチとの出会いは、まさにそんな旅の典型的な例だった。

　最初私は『地球交響曲《ガイアシンフォニー》』第一番への出演を説得するために、シャーリーに会おうとしているのだ、と自分に思い込ませていた。

　ところが、そのプロセスで思いがけず、まず娘のサチと出会い、親しくなり、サチから少女時代の日本でのさまざまな体験を聞かされることになった。その体験談の中には、日本とアメリカ、男と女、見える世界と見えない世界、という、二つの対立するかに見える世界を一つの身体の中に対立のままで抱えて生きなければならない者の深い悲しみがあった。この悲しみが、サチとシャーリーの間に見えない壁をつくっていることもよくわかった。二人はどうしてももう一度日本にかえって、心の中にあるこの〝氷の塊〟を溶かさなければならない。私はいつの間にか強くそう思うようになっていた。

考えてみればこんなことは、私の最初の旅の〝目的〟からすれば、なんの関係もないことのように見える。冷静に見れば、こんな私の思いは単なる他人の〝おせっかい〟であって、私は最初の旅の〝目的〟を遂げるためにのみ努力すればいいのだ。そう自分に言い聞かせながら私はシャーリーへのアプローチを続けていたのだ。

三度手紙を書き、映画の企画書を送り、ハリウッド映画ビジネスの権化のような強面《こわもて》のマネージャーにも会い、二度の延期を経てついにシャーリーに直接会ったその日、シャーリーは私の目の前で大けがをしてしまった。傷心し切ったシャーリーに肩を貸し、ゆっくりと歩みながら、私はその時初めてこの旅の目的が『地球交響曲』に出演してもらうことではなく、まったく別にあるのだと確信したのだった。

シャーリーの二十年ぶりの来日が一九九〇年九月に決まった。彼女の最初の著作『風を追いかけて』（地湧社、原題 Don't fall off the mountain）を読めばわかるように、二十年前までシャーリーは大の日本びいきだった。三歳の娘サチを日本に送り、昭和三十四年の伊勢湾台風の時には、夫パーカー氏とともに、校舎を失った小学校に百台ものピアノを寄付したりしている。当時の週刊誌を見ると、シャーリーが日本に永住するかもしれない、とまで書いてある。そのシャーリーが二十年前に突如日本が大嫌いになった。

友人の湯川れい子さんの話によれば、初対面の時、シャーリーには日本人の女性に対する憎しみの感情さえあるように感じたという。そんなシャーリーの感情が、日本で育ち、日本女性的な心の営みを持っているサチとの間に見えない壁をつくっているのだろう。

いったいシャーリーやサチに二十数年前何が起こったのだろう。その鍵《かぎ》を握っているのがたぶん、サチを育て、突然サチの前から姿を消したEさんなのだ。だからこそサチは私にEさんの行方を捜してほしいと頼んだのだ。

大スター、シャーリー・マックレーンの二十年ぶりの来日は必ずマスコミの話題になる。この時がEさんが二人の前に現われる唯一のチャンスかもしれない。もし三人が日本で再会しゆっくり話ができるなら、二十数年前に突如凍りついてしまった〝氷の塊〟を溶かすことができるかもしれない。そのためにはシャーリーの来日に合わせてサチも来日することが不可欠だった。それがわかっていたのだろう。シャーリーは来日に同行してくれるようサチに頼んだ。ところがサチはその申し出をきっぱり断ってしまったのだ。

サチにはいつも〝シャーリー・マックレーンの娘〟という肩書が付いてまわっている。その肩書が女優として歩み始めたサチにとって大きな重荷になっている。ましてシャーリーの費用で来日するなら、ますますその通りの扱いを受けることになるだろう。それがサチには耐えがたいことだったのだ。

たぶんサチの父パーカー氏も同じ思いを持っていたのだろう。ハリウッドの人気女優として有名になっていくシャーリー。アメリカに戻るたびに〝シャーリーの旦那《だんな》〟という扱いを受けるようになったパーカー氏はそれを嫌い、結局日本に定住するようになっていったのだ。当時の日本人にとってアメリカはまだ〝夢の国〟だった。日本にいるかぎり彼は〝夢の国〟から来た〝王様〟であり得たのだ。

「母とともに日本に行きたい」という思いと、「シャーリーの娘として扱われたくない」という二つの思いがサチの中で葛藤《かっとう》している。

この時期にサチが来日を決心するためには、彼女の心から母に対する負い目を取り払う必要があった。私はいくつかのメディアに働きかけてインタビューやＴＶ出演のチャンスを設定し、自分の手でサチを招待することにした。サチはシャーリーより一足先に来日した。シャーリーが泊まる超豪華ホテルと違って、私が用意できたのは赤坂の小さなビジネスホテルだった。

インタビューや出演の場でも、サチは必ず母のことを聞かれた。担当者たちに、「シャーリーの娘」としてではなく、サチ自身として取材してほしいと頼んでおいても、メディアの担当者にとっては、これは避けて通れない話題である。そのことを聞かれるたびにサチは辛《つら》そうだった。避けて通れない運命なら、そこから逃れようとするのではなく、それをまっすぐに受けとめ、正面から抜けていってほしいと私は思っていた。シャーリーが来日し、周辺の動きが急に慌ただしくなった。シャーリーと一緒にインタビューを、という依頼もいくつかあったが、それをサチははっきりと断った。「自分の泊まっているスイートに移ったら」という母の誘いも断り、相変わらず赤坂の狭いビジネスホテルに泊まって、毎朝幼い頃の思い出の場所を一人で歩いているようだった。
シャーリーの舞台が開く初日の前日、私を訪ねてきたサチは、「東京がすっかり変わってしまって昔のことがよく思い出せないの」と笑った。久しぶりの日本の印象をしばらく語った後、ふと「Eさんは現われるかしら?」ともらした。やはりサチにはこのことがいちばん気にかかっていたのだ。「必ず現われる」と思って思い切ってサチを招いたものの、私にはそれを保証する術《すべ》は何もない。明日の初日、終演後に、シャーリーの楽屋で会うことだけを約束してその日は別れた。

シャーリーの楽屋のドアが閉じられて、すでに一時間以上がたっている。中にいるのはシャーリーとサチと、そして訪ねてきた小柄な白髪の老婦人、間違いなくEさんだろう。シャーリーに会うことを諦《あきら》めきれずにしばらく待っていた客たちも今はみな引き揚げ、楽屋裏の廊下は急に静けさを増している。コンクリート打ちっぱなしの廊下の壁に、時折ドアからもれてくる嗚咽《おえつ》が響いている。たぶん、サチのものだろう。

やはりEさんは現われたのだ。

Eさんは、三歳の時来日し父パーカー氏のもとで育ったサチの教育係だった。サチが持っている日本女性的な感性は、ほとんどこのEさんによって育てられた、と言ってもいい。Eさんはサチに、対人関係において自我をあからさまに表にあらわさない、という伝統的な日本の躾《しつけ》を施した。サチが、『しん女』を踊った西川千麗さんの師、西川鯉三郎さんから日本舞踊を習っていたのもこの頃だった。さらに休日などにはよくサチを伴って由緒ある神社やお寺を訪ねている。

一九五八年、パーカー氏がプロデューサーとなり、シャーリーとイヴ・モンタンが共演した映画『マイ・ゲイシャ』が京都で撮影されている時のことだった。ある日Eさんはサチを連れて比叡《ひえい》山の阿弥陀《あみだ》堂を訪れた。ちょうどその時、ご本尊の供養が行われており、大勢の僧が読経していた。サチはなんのためらいもなくお堂の中に入り、チョコンと正座して読経を聴き始めた。その時、お堂の中に白い雲がどこからともなく流れ込んできて、形も崩さずお堂の中を漂い始めた。するとサチは静かに立ち上がり、まるでその雲とたわむれるように踊りだしたという。阿弥陀仏の前で、読経と木魚の音に合わせて踊る金髪の少女の姿に、Eさんは人智を越えた何か深い意味があるのでは、と感じたという。三歳だったサチはこの時のことをまったく覚えていない。

しかし、このような体験がサチの無意識層の奥に深く刻み込まれているのは間違いないだろう。

シャーリーの楽屋のドアが開いてEさんが初めて姿を現わした時、時計はもう十時半をまわっていた。Eさんに続いてシャーリーに肩を抱かれたサチも姿を現わした。サチの顔は涙でクシャクシャになっていた。Eさんを玄関口まで送ろうとするシャーリーを制し、私がEさんを送ることを告げた。シャーリーに少しでもサチの側《そば》にいてあげてほしかったからだ。

初めて会うEさんは、想像していたよりずっと明るく陽気な、洋服の似合うお婆さんだった。私は自己紹介し、今日までの経緯を簡単に説明した後、Eさんを玄関口まで送った。サチは、今日まで押さえてきたものすべてを一気に吐き出すかのように、大声を上げてシャーリーの胸で泣いていた。

この日、三人の間で交わされた二十数年ぶりの会話がどんなものだったのか、その時の私にはまったくわからなかった。ただ、サチの感情の昂《たかぶ》りから察して、サチにとってはかなり辛い会話がなされたのは間違いないだろう。当時の幼いサチにとっては理解できなかった父と母の愛憎の事実が明らかにされたことは容易に推察することができた。また、シャーリーの知らなかったサチの日本での生活についても話されたことだろう。

Eさんを送って楽屋に戻った時、サチの顔には、もういつもの明るさが戻っていた。

「私、明日からお母さんのホテルに移って同じ部屋に泊まることにするわ、まだまだ話すことがいっぱいあるし、時間も限られているから」

サチは微笑《ほほえ》みながら私にこう告げた。

私は、数時間前華《はな》やかな舞台の上で、紫色の美しい光につつまれながらシャーリーが歌ったこのショーの主題歌のことを思い出していた。

「アウト・オン・ア・リム」

甘い果実、すなわち〝真理〟を得るためには、危険を冒しても細い枝の先まで登らなければならない……。

五百年ぶりの睦言

サチはシャーリーより一足早く日本を去った。ロスの小劇場で行われる予定の芝居のオーディションを受けるためだった。大女優のシャーリーと違って、サチの場合は今もこうしたオーディションを受け、他の多くの女優の卵たちと競争して役を獲得していかなければならない。

アメリカの演劇の中に、サチのような東洋的感性を必要とする役柄はまだまだ少ない。また東洋人の役柄であれば、顔、形が東洋人である俳優（ロスには大勢いる）に役を取られてしまう。サチの立場は今もなかなか厳しい。遺伝子に従って決定されてしまっている人間の外観の違いを越えて、人類が共存してゆく第三の道を見つけることはまだまだ容易ではない。しかし、時代は確実にその道を必要としている。そんな時代に、サチのように自分自身の内部に二つの対立する世界を抱えて生きなければならない者の役割はきわめて重要になってくる。抑圧され疎外されることへの悲しみや怒りは、より深い愛を育《はぐく》む源泉なのだ。

「久しぶりに日本に帰って私確信したことがあるの。将来私は、この日本とアメリカをつなぐ文化の架け橋のような仕事をするわ」

日本を去る前、サチはチャーミングな笑顔でこう私に話してくれた。


サチが去って数日後、いよいよシャーリーが五百年ぶりに〝恋人〟と再会する日が来た。公演の合間を利用して、京都府田辺にある通称一休寺（酬恩庵《しゅうおんあん》）と大徳寺真珠庵を訪ねるのだ。一休寺にはしん女《にょ》（シャーリーの前世）が自分の錦《にしき》の衣を売って建て、一休が八十八歳で大往生を遂げるまでともに過ごした、虎丘庵《こきゅうあん》と呼ばれる小さな庵がある。

また、この二つの寺にはそれぞれ等身大の一休の木像があり、特に真珠庵の木像は、写真家の十文字美信氏が、一休の頭蓋骨《ずがいこつ》がそのまま入っているのではないか、と評したほどにリアルなお顔をしておられる。

西川千麗さんとともにおこなった〝しん女追跡の旅〟を通して両寺のご住職とも親しくなっている私が案内することになった。

一年前には『地球交響曲《ガイアシンフォニー》』の出演者の一人としてシャーリーに会おうとしていた私が、今は彼女の前世の〝恋人〟との再会の導き役をしている。本当に不思議な気持ちだった。

私は自分自身の前世が誰であったのか知りたいとはさほど思わない。もちろん、誰かがそれを教えてくれるなら、それはそれでとても面白いことだろうと思う。しかし、前世で自分が誰であったかを知ったからといって、それが今生《こんじょう》の自分の人生を大きく変えるだろうとも思っていない。

ただ、私は「輪廻転生《りんねてんしよう》」の考え方についてはまったく素直に受け入れることができる。それは今生の自分が、わずか五十三年の自分の体験からのみ形づくられているのではなく、私の人生をはるかに越えたさまざまな〝記憶〟の集積として形づくられていることを確信できるからである。世界各地を旅していると、ある場所に立った時、そこに吹く風・匂《にお》い・温度・風景・人々の営みなどを通して「自分はかつてここにいたことがある」と確信できることがしばしばある。初めて出会った人なのにとても懐かしく思うこともたびたびある。人だけではない、草でも樹《き》でも象でも鯨《くじら》でも、出会った瞬間に懐かしく、愛《いと》しく抱きしめたくなるような、あるいは、ひれ伏したくなるような思いに駆られることがたびたびあるのだ。

要するに、私の中には生命誕生以来三十五億年の全〝記憶〟が刻まれているのだし、もっと言えば全宇宙の〝記憶〟が刻まれている。私のこの〝肉体〟も、私のこの〝心〟も、〝私〟という限られた小さな存在の所有物ではなく、全宇宙の壮大な生命の流れの一部分として、今ここに、こんな形でたまたま存在しているにすぎない。しかし、だからこそ今生に生きている〝私〟は、素晴らしく、ありがたく、そして楽しいのだと私は思っている。

それにしても、五百年の歳月を飛び越えて、アメリカと日本という地理的・文化的隔たりを越えて、目に見える形を持った自分の前世の世界（虎丘庵や一休像）と再会する、とはいったいどんなことなのだろうか。

〝自分の前世を知る〟という場合、チベットのダライ・ラマ法王の場合のように、きわめて複雑な検証を経て認知されるケースをのぞいて、多くはチャネラーを通して〝情報〟としてもたらされることが多い。シャーリーの場合もチャネラーのケビン・ライヤソン氏を通して、〝情報〟としてしん女であったということが伝えられている。〝情報〟は目に見えるものではないので、それなりに心で自由に解釈したり、取捨選択することができる。ところが、今回の再会には、具体的に目に見えるものが介在する。

虎丘庵や一休木像は目に見えるものである。特に一休の木像は、仏像のように抽象的な魂の表象ではなく、まるで生きているように見えるほど強い、リアリティーのある像である。入寂後に、こんなにもリアルな像を遺《のこ》させたところに、一休の壮大ないたずら心があるような気がする。すなわち、シャーリーは〝生きている〟かに見える五百年前の〝恋人〟の生々しい顔に再会することになるのだ。

こんな体験が、今生ではハリウッドの大スターであるシャーリーに何をもたらすのだろうか。

私はこの五百年目の再会にできるだけよけいな邪魔が入らないよう気を遣うことにした。

最初に訪ねたのは一休寺であった。

ご住職の案内でひとしきり寺内を見学した後、シャーリーは一休木像の安置されている本堂に入った。同行した私たち（湯川れい子、西川千麗他）は、シャーリーを一人にして、庭に面した廊下の日溜まりで待つことにした。

華《はな》やかな色や形を極限にまで省いた禅の庭の静謐《せいひつ》な美しさを眺めながら、私は自分の背後のお堂の闇《やみ》の中で交わされている一休としん女の五百年ぶりの睦言《むつごと》を聴き取ろうと耳を澄ました。昼下がりの田園地帯の静寂の中に、はるか彼方《かなた》から風に運ばれたさまざまな音が聴こえてくる。遠くを通過する電車の音、昼休みの子供たちのはしゃぎ声、どこかにせせらぎでもあるのだろうか、かすかな水の音も聴こえる。開け放たれたお堂の中を吹き抜けた風が、背後からお堂の闇の冷気を私の耳もとに運んでくる。耳たぶのあたりで感じるかすかなこの冷気、お香の残り香、一休としん女の睦言は、この風の中の冷気や香りに変じて私に届けられているのだろうか。

またたく間に小一時間ほどの時が流れた。再び現われたシャーリーの顔は、さっきとはまるで違っていた。外見の形が変わったわけではない。ただ、さっきまであったハリウッドの大スターらしい、ある種の険しさが跡形もなく消えている。まるで東洋の幼い少女のようなあどけなささえ感じられる。

人間の顔とは、いったい何なのだろうか。五十六歳という年齢、赤毛の髪、透き通るようなブルーの瞳《ひとみ》、これらは何も変わっていないのに、印象がまるで違うのだ。私たちは顔の見える形を見ているように思いながら、実はその背後にある見えない〝気〟を見ているのかもしれない。〝気〟は、心のあり方によって自在に変わる。私は今、目の前にいる女性がしん女であると思うことにほとんど何の抵抗も感じなくなっていた。

私たちはご住職の案内で、寺内の一角にある小さな庵、虎丘庵に移った。六畳と四畳半のこの簡素な庵を、しん女は自分の錦の衣を売って建てた。一休はこの庵で、しん女に見守られながら八十八歳で静かに入寂したのだ。

何かを思い出そうとするような表情でしばらく室内を眺めた後、シャーリーは私に二つの奇妙な質問をした。

「ジンさん、一休さんは蚊か何か、刺す虫との因縁がありませんか？　それと、彼には弟がいましたか？」

この唐突な質問に私は当惑してしまった。一休と蚊の関係、そんなエピソードやとんち話は聞いたことがない。また弟がいたかどうかもまったく知らない。そこで私は「なぜそんな疑問が湧《わ》いたの？」と逆にたずねてみた。

するとシャーリーからこんな答えが返ってきた。

「本堂で一休の前で瞑想していた時、実際に蚊に刺されたわけでもないのに、からだの内側から、蚊に刺されたような感覚が次々と湧いてきたの。それから、この庵に入ってからふと思い出したことがあるの。私（しん女）が向こうの部屋で昼寝をしていた時、京都から彼の弟らしき人が訪ねてきて、何かとても重要な相談をしていたの。はっきりとは思い出せないんだけれど、何か次の天皇をどうするか、というような、そんな相談ごとだった気がするの」

一休と蚊の関係については、その時の私にはまったく思い当たる節がなかった。ただ、一休とその弟らしき人物との会話については、充分に現実的可能性が想像できる。

一休の父は北朝系第百代の後小松天皇、母は南朝系皇族の娘であったと言われている。一休は十四世紀末の南北朝の一時的和解の証《あかし》としてこの世に生まれた。しかし、南朝系、北朝系の皇子が交互に天皇を継承する、という和解の約束は足利将軍によってたちまち破られ、南朝系の血を引く皇族の抹殺が始まった。一休の運命を危ぶんだ母が、六歳で僧籍に出し、そこから一休の禅僧としての波瀾の人生が始まっている。一休は南朝系、北朝系が骨肉の争いを演じていた時代に、自分の体内にこの両方の血を抱えて生きた人である。

一休はこの自分の生い立ちについて、直接は何一つ語っていないし書き残してもいない。しかし、若い頃の一休のエピソードの中には、この事実が彼にとっていかに重かったかを物語るものがいくつもある。さらに、一休がしん女に初めて出会ったのは南朝系の拠点であった大阪の住吉神社であり、その頃はちょうど、南朝系が再び反乱を起こし、吉野の山奥に後南朝を打ち立てようとした時代に符合する。その頃すでに禅の名僧として名高かった一休が、南朝、北朝の両方から相談を受けた可能性は充分に考えられるのだ。

シャーリーの、およそ現代の常識からはほど遠い、霊的体験から語ることと、史的事実との間に何か関連が生まれるならば、こんな興味深いことはない。

一休寺を後にした私たちは、次に一休の菩提寺である大徳寺の真珠庵を訪ねた。そこで私たちはもう一つ不思議な体験をすることになった。

虚空の記憶

田辺の一休寺（酬恩庵）を後にして京都の大徳寺真珠庵に向かう車中、私にはさっきシャーリーから突然投げかけられた質問がずっと気にかかっていた。

「ジンさん、一休さんは蚊か何か、刺す虫との因縁がありませんか？」

この唐突な質問の意味が私にはまったく解《げ》せなかった。一休と蚊の因縁話などまったく知らないし、シャーリーが何故にこんな疑問を持ったのかを想像することすらできなかったのだ。

真珠庵では、当代きっての名僧山田宗敏老師が私たち一行を快く迎えてくださった。山田老師とは、西川千麗さんとの〝しん女《にょ》追跡の旅〟以来、暖かいご縁をいただいている。真珠庵は一休没後の菩提《ぼだい》寺であり、一休に関する資料は今この真珠庵に最も多く遺《のこ》されている。一休没後の三回忌、十三回忌がここで催され、その香こ帳も保存されている。その香こ帳の中に、弔問に訪れたしん女の名が記されていることを知った私は、かつてその香こ帳を見せてくださるよう山田老師にお願いしたことがあった。快く承知してくださった老師は、しばらく蔵のほうに行かれた後、素手で戻って来られて、いとも気楽にこんなことをおっしゃった。

「龍村さん、うっかりしてあの香こ帳は二年前東京博物館に貸し出したままになっとるんですわ。あんたちょっと行って取って来てくださらんかな」

老師はその場でさらさらと委任状のようなものを書かれ、私に手渡されたのだ。

この香こ帳は、仮にも五百年前の、重要文化財にも値する書類である。それをまだ二、三度しかお会いしたことのない私に、あっさり取って来るよう依頼される老師の豪放磊落《らいらく》さに驚き、同時に、何ものにもこだわらない一休直伝の禅風を受け継がれる老師の態度に感服したものだった。

そんなわけでこの香こ帳は、老師の手元にお届けするまでの二日間、私の新宿の安アパートの一室にとどまることになったのだ。その時私は本当に不思議な気持ちだった。五百年前の、しん女の名が記された一休の香こ帳が、何故に二十世紀末の東京の新宿の私の安アパートの一室に置かれているのだろうか。これはたまたま成り行きでこうなっただけの話だし、この香こ帳だって、五百年前のものとはいえ、ただの紙切れと思えば紙切れにすぎないではないか、そう思おうとするのだが、どうしても、それだけでは割り切れない何かが残る。

もし、一休・しん女・私・シャーリー・サチの間に何らかの因縁があるのだとすれば、それはいったいどんな因縁であり、何を意味しているのだろうか。それを〝理性〟のレベルで確認する術《すべ》は今の自分にはない。ただこの旅を通して次々と不思議なことが起こり、そのつど私は、この関係に魅《ひ》かれ深く絡まれてゆく。この旅は確かに私が私自身を知ろうとする旅なのだ。今までの人生にはなかった、何か見えない力に導かれた旅なのだ。とりあえず、この〝理性〟では割り切れない何かをすべて素直に受け入れて旅を続けてみよう。そうすることによって〝理性〟のレベルにつながる何かの糸口が見えてくるかもしれない。事実、この旅を通して私は後に、自分自身の先祖が、十五世紀中頃、吉野山中奥深くで悲惨な最期を遂げた後南朝最後の天皇・自天王尊秀宮と、具体的に深いつながりがあったことを知ることになったのだ。

真珠庵でも、シャーリーは一休木像の前で長い瞑想を行った。瞑想の後、私たちは山田老師から抹茶のもてなしを受けながら、しん女談義に花を咲かせた。老師は、しん女もまた一休と同じように南朝系の血を引く女性であった、という考えを持っておられ、それを証明する史実を探しておられた。私は、吉野の天河神社や川上村での調査を通して得たいくつかの情報をお伝えした。

一休の香こ帳の中の〝しん女〟の名には、〝森女〟という文字が当てられている。森家《もり》の女《むすめ》、この森という屋号は、吉野山中を拠点とする大峰修験道の総元締聖護院《しょうごいん》の屋号であり、その聖護院の門跡には歴代、天皇家の血筋を引く方が入っている。さらに一休と森女が出会った大阪の住吉神社は、十四世紀末の南北朝和解の時、吉野より下られた後村上天皇が行宮《あんぐう》を置かれていた場所でもある。

盲目の森女がそこで手厚く保護されていたことは充分に考えられる。さらに唯一遺《のこ》っている森女の画が、高貴の者を表わす五色の縁《へり》の畳の上に座っていること、そして森女が、一休のために一軒の庵を建てることができるほどの錦《にしき》の衣を持っていたこと（「酬恩庵古文書」）などを考え合わせれば、森女もまた、一休と同じように南朝系の皇族の血を引く女性であったことは充分に考えられるのだ。だからこそ一休は『狂雲集』の中で、自分の生い立ちとの共通点を詠《うた》ったと読める詩をのこしているのだし、それが二人の愛のきっかけになったとも想像できるのだ。

こんな会話を聞くシャーリーの顔は、いかにも楽しげだった。五百年後に、乏しい情報をもとに〝自分〟のことをあれこれと類推する私の姿が滑稽《こっけい》なのか、あるいは、シャーリー・マックレーンとして、霊的な体験だけでは知りえない〝自分〟に関する知識を得ることが面白いのか、いずれにしても今までこんな楽しげなシャーリーの顔を観《み》たことがなかった。

その時、突然私の頭にこんな台詞《せりふ》が浮かんだ。

「一休、しばしばオコリ病に伏したもう」

千麗さんの『しん女』の舞台でうたわれた台詞である。なぜ突然私の頭にこの台詞が浮かんだのか今もよくわからない。『しん女』の舞台のクライマックス、一休入寂の場面で、鶴田錦史師の琵琶《びわ》の音とともに朗々と吟じられた台詞だ。このオコリ病が一休の命を奪ったのだ。私は、このオコリ病というのがどんな病気だったのかを老師に尋ねた。

すると老師は間髪を入れずに答えてくださった。

「マラリアですよ。一休さんは晩年たびたびマラリアの高熱に悩まされ、それが結局命とりになったんです」

マラリア＝蚊、さっきのシャーリーの質問に対する答えではないか。このことを伝えるとシャーリーはにこっと笑ってこう答えた。

「そうでしょう。ここでも、さっきの酬恩庵でも、一休の像の前で瞑想していると、実際には蚊に刺されたわけでもないのに、からだの内側から蚊に刺されたような感覚が湧《わ》き起こってきて、皮膚に赤い斑点《はんてん》が現われたの。だから一休が蚊に関係があるか尋ねたのよ。霊的な体験をしている時よく起こることなの」

シャーリーが蚊に関する質問をしたのは、私たちがまだ田辺の酬恩庵にいた時だった。この時点でシャーリーは一休の死因についてはまったく知らなかったし、私も一休と蚊の関係についてはまったく思い当たらなかった。その時点でシャーリーは蚊の啓示を受けていたのだ。この出来事は、シャーリーとの短い旅の中でシャーリーがはっきりと見せてくれたただ一回の霊的な側面だった。

私がシャーリーの本『アウト・オン・ア・リム』『ダンシング・イン・ザ・ライト』を読んで以来始めた〝旅〟もすでに七年になる。

この間にさまざまな不思議な出会いや出来事があった。一休・森女に関する数多くの新しい発見をし、千麗さんの『しん女』の舞台をサポートし、後南朝の悲劇を知り、吉野の天河神社と深いご縁をいただき、サチを知り、シャーリーと親しくなり、サチ・シャーリー・Eさんの二十年ぶりの再会を仲介し、シャーリーと前世の恋人一休との出会いの案内をし、そして、映画『地球交響曲《ガイアシンフォニー》』を完成させた。これらの出来事や出会いが互いにどんな関係にあるのかを〝理性〟的に説明することは今もできない。ただ、次々に湧き起こってくる私の個人的な〝好奇心〟が、これらのことを引き起こしてきたのだ、と言うこともできる。

しかし、その〝好奇心〟とはいったい何なのだろうか。何かを知りたいと思う心、何かにより深く関わりたいと思う心は、いったいどこから生まれてくるのだろうか。前にも述べたように、私にはそれが、私のわずか五十三年の体験の記憶からのみ生まれているとはとても思えない。それは私の〝現実〟の人生体験をはるかに越えた〝記憶〟とつながり、そこから生まれていると実感することができる。

私たちの脳は、単なる記憶の集積場所ではない。いや、むしろ〝記憶〟そのものは、私たちの肉体を離れたどこかの虚空に無限に蓄積されており、脳はその〝記憶〟にアクセスするための、いわば受信機のようなものだ、という気がする。その受信機が同調する周波数や、その性能が人それぞれ違っており、その性質や性能を形づくるのに個人的体験や文化・言語が深く関わっているのだと思う。しかもこの受信機は、一度作られると固定してしまう物理的機械ではない。日々成長し続ける生き物機械なのだ。

ある意味でこの受信機は、無限の可能性を持っているということができる。感度の高まった受信機は、どこかの虚空に蓄積されている宇宙誕生以来の全〝記憶〟にアクセスすることさえできるのだと思う。〝前世の自分〟と出会うのもよし、〝宇宙人〟と話をするのもよし、草や樹《き》や動物たちと話ができればさらに素晴らしい。ただ、この受信機の感度をどのように高めてゆくのか、そのアンテナの方向をどちらに向けるのか、が今生《こんじょう》に有限な肉体を持って生まれた〝私〟たちに課せられた責任なのだと私は思う。なぜなら、この一瞬一瞬に生まれている〝私〟の心は、〝私〟の肉体とともに消滅してゆくものではなく、どこかに確実に蓄積され、確実に未来の世代に影響を与えてゆくと思うからだ。

一九九三年九月二日、伊勢湾台風なみの巨大台風が紀伊半島に接近しつつある日、私は吉野山中、天河神社よりさらに山深くにある川上村の自天王神社跡に立っていた。

眼下に深い谷を見下ろすこの場所は、足利幕府の追手を逃れ、山奥へ山奥へと逃れた後南朝最後の天皇、自天王尊秀宮が、一四五七年十二月、大雪の中ついに幕府の刺客に襲われ、首をはねられ命を絶った場所なのだという。後南朝はここで途絶えた。崖上の縦横ほんの十数メートルほどの狭い空間に今にも崩れそうな石垣があって、そこに「岡室御所跡」と書かれた立札が立っていた。

一九五九年の伊勢湾台風の時、ここにあった自天王神社が崩壊し、その時、建立者の名を記した棟札が出た。岡室角左ヱ門、私の祖父の祖父は、この川上村の岡室家から、江戸時代末期の大阪の大商人、回船問屋平野屋（名字龍村）に養子に入った人だった。私が一休や森女に興味を抱き、天河神社（南朝第九十七代後村上天皇御所跡）をしばしば訪れるようになった頃、私は、自分の先祖が南朝、後南朝と深い関わりがあった、などとはまったく知らなかったし、興味もなかった。ただ、不思議な出会いの重なりと、このあたりの山中に漂う〝気〟みたいなものに魅《ひ》かれて、しばしば訪れるようになったのだ。今も私は自分の先祖や前世については、さほど知りたいとは思わない。ただ、吹きすさぶ風の中で、自天王神社跡の崖上に立っていると、権力欲や名誉欲から生まれた憎しみや恨みに引き裂かれて若い運命をもてあそばれた者の悲しみがひしひしと伝わってくる。

向かい側に連なる大峰山系の峰々の上を、渦巻く黒雲が猛烈な勢いで吹き抜けてゆく。その雲の流れを眺めながら、私はこれから撮影を開始する『地球交響曲』第二番のことをしきりに思った。

一九九四年一月、私は『地球交響曲』第二番の撮影に入った。

カーラチャクラへの旅

風の色'93

また桜の季節が巡ってきた。

新宿御苑前のビルの十階にある私の書斎から眺めていると、昨日まで御苑全体を覆っていた冬の常緑樹の暗い緑色の中に、ある日突然、本当に唐突に小さな淡い白さが現われ始める。その白さは、暗緑色に塗り込められていた下地のあちこちから滲《にじ》み出るように現われ、またたく間に拡がって互いにつながり、帯状の流れになって御苑全体を覆ってゆく。

春が来たのだ。もう二十年近く、毎年同じ風景を眺めながら、私はあらためて新宿御苑の中にこんなにもたくさんの桜の樹があることに驚く。

桜は、一年のうちのほとんどの時を、ひっそりと風景の中に息をひそめていて、この時期のほんの数日間だけ、圧倒的な〝愛〟をすべての生命に向かってふり注ぐのだ。しかも、その〝愛〟は決して押しつけがましい愛ではなく、冷え切った魂、閉じ込められた心を、あの淡い白さの中にやさしく包み込み、花吹雪となって、風の中に放華《ほうげ》させてくれるのだ。

私は数年前のこの季節、京都の創作舞踊家・西川千麗《せんれい》さんの東京公演のためにある文章を書いた。一休禅師が晩年に出会い、八十八歳で大往生を遂げるまで、京都の薪村《たきぎむら》の小さな庵でともに過ごした盲目の琵琶《びわ》奏者しん女《にょ》を主題にした舞台のためだった。私はしん女の存在をシャーリー・マックレーンの著作『ダンシング・イン・ザ・ライト』(角川文庫)の中で知った。シャーリーはこの本の中で、自分の前世の一人がこのしん女であると書いていたのだった。

風の色

今年の春も、もうほとんど終わろうとする頃のことだった。私は、一年近い病院生活を終えて退院したばかりの母の手を引いて新宿御苑の中を散歩していた。満開に咲き切って今まさに散り始めようとする桜並木の白い帯の中に、若葉の淡い緑が滲むように散りばめられていて、花曇りの空から時折差し込んでくる陽《ひ》の光とともに、包み込むようなやさしい風の舞う一日だった。能役者の擦《す》り足にも似たゆっくりとしたテンポで、白さに向かって進む母の歩みに合わせながら、私は、今この私の掌の中にある女性《ヒト》が私の母であることが不思議でならなかった。母は眼を失っていた。

昨年の冬、母は脳梗塞《のうこうそく》で倒れた。幸いからだの麻痺《まひ》はどこにも起こらなかった。そのかわり眼を失った。そして「見えること」とともにあった記憶の多くを失った。発病の初期には私の名前すら思い出せなかった。回復が進むにつれて母は「見えないこと」の苦しみを訴え始めた。かすかに遺《のこ》っている光を追って病室のあちこちを見回しながら、「なんでこんなに暗いの、今日はよっぽどお天気が悪いの？」母は一日何十回となく同じことを私に尋ねた。窓から差し込む明るい陽光が母の枕辺《まくらべ》の白壁にくっきりと花の影を宿しているのを眺めながら、私は答える術《すべ》を知らなかった。医者からは、遺っている視力もしだいに衰え、やがて完全失明するだろう、と宣告されていた。

母は大変気性の激しい女性だった。私を含め九人の子供を産みながら、十数年前父が亡くなるまでは歳より二十歳も若く見えるほど元気だった。八十歳になる今も歯は入歯一つない。どんなに忙しい時でも、朝からきちっと着物を着て帯を締めていた。私たちの子供時代には、織物業を営む祖父や祖母を含めた大家族の家計を切りもりし、父の下で働く職人さんやお手伝いさんの面倒もよくみていた。私たちが成人して家を去ってからは、持ち前の外交性を発揮して京都の伝統社会に広い人脈をつくっていた。世間的な常識が初めからどこか一本欠落しているようなところがあって、父の晩年にはさまざまな借金のトラブルに巻き込まれていたが、本人はまったく動じない風情《ふぜい》だった。私の記憶の中の母は気丈で吉祥天のようにふくよかな女性だった。そんな母が急速に衰えを見せ始めたのは、やはり父を亡くしてからだった。それでも持ち前の外交性だけはのこっていて、一昨年、私がシャーリー・マックレーンの『ダンシング・

イン・ザ・ライト』を通じて一休としん女の愛の姿に興味を持ち、調査のため久しぶりで京都に帰った時、大徳寺真珠庵の山田宗敏老師との間を仲介してくれたのも母であった。そこで初めて私は一休禅師木像の御姿に接し、香こ帳に遺されたしん女の名を見た。当時『しん女』を創作中だった西川千麗さんも同席され、この日の一休との出会いが、二十世紀末の今日にしん女を甦《よみがえ》らせる一つのきっかけになったのだろうと思う。この日が「見える世界」にいた母に出会った最後だった。

風が舞って桜が散り始めた。

私たちはすでに白さの真っ只中《ただなか》にあった。私の掌の中にあった母の不安が急速に薄れてゆくのが感じられる。もう数分間母はひと言も発していない。舞い落ちてくる花びらが一ひら、二ひらと母の顔にあたり、ほんのひと時とどまって再び地面に舞い落ちてゆく。

母がゆっくりと歩みを止めた。

「きれいやねえ」突然母が口を開いた。母はそれまで握りしめていた私の掌を離し、ひとりで芝生に腰を下ろした。

座った母をのこし、私はそっと背後にまわった。一段と風が強まり、白さがあたり一面に乱舞し始めた。その白さの中に座って母はじっと何かを見つめている。今はもう私の存在も忘れているようだ。母のうしろ姿は小さかった。記憶の中の母とは別の女性だった。

八十年近く着物以外着たことのなかった母が、今はかわいいピンクのトレーナーを着ている。入院生活のために短く切った白髪が風をはらんでかすかに波立っている。白髪をなでて通ったその風が桜吹雪《ふぶき》を起こし、再び花びらを乗せて髪の上に還《かえ》ってくる。

母が私をふり返った。母は微笑《ほほえ》んでいた。若い頃にも、入院生活中にも見たことのない微笑みだった。

「歌ができたよ」。母は嬉《うれ》しそうに言った。

　桜吹雪の中を行くなり

ゆったりと、想《おも》い出《で》のままに楽しみて

まるでひとり言のように二度ほどつぶやいてから、母は再び白さの中に還って行った。

千麗さんの『しん女』の中にこんな詞《せりふ》がある。

「見えぬその眼は何を見る

　色とりどりの世の中に

真の色は唯ひとつ
　色にあらざる風の色」
家路につく頃、母はもう自分がつくった歌の内容を忘れていた。そして家に帰りつ
いた時には、歌をつくったことすら忘れてしまっていた。
母は風の色を見ていたのだろうか。
（平成元年九月記）

母を京都に帰してすでに三年が過ぎた。この間、御苑の桜は毎年同じように咲き、同じ
ように散っていった。
今年の三月、本当に三十年ぶりに京都に長期滞在する機会があった。来年建都千二百年
を迎える京都の建都記念協会の依頼で、その意義を国際的にPRするためのヴィデオを撮
るためだった。久しぶりで母をゆっくり見舞うことができる、という期待もあってこの仕
事を引き受けることにしたのだった。しかし、私の仕事の常なのだけれど、撮影が連日午
前五時頃から深夜十一時ぐらいまで続き、母を見舞うことがほとんどできなかった。
京都に帰ってからの母は、一時は車椅子《くるまいす》による外出も可能だったが、何度かの病の再発
があって、今は病院のベッドに寝たきりの生活になった。日中もほとんどの時間は眠って
いる。京都ロケ中、それでも数度母を訪ねた。ロケ地の移動中、撮影隊を次のロケ地に先
行させてつくったわずかな時間の中だった。

眠っている母に近づき、母の顔の真正面、三十センチほどのところまで顔を近づけてから母を起こした。その視角に入った時だけ母には私が見えるからだ。ゆっくりと目を開いた母がじっと私を見つめている。長い沈黙が続く。私には、その時間が永遠に続くようにさえ感じられる。ふと母の表情が和らいだ。そして、正確に私の名を呼んだ。その瞬間、私は、自分自身のからだが、一気に桜吹雪になって散ってゆくような気がした。動かなくなったからだ、混濁する意識、そんな中でも母は私に何かを教えようとしている。生命とは何かを教えようとしている。

京都から帰った次の早朝、私は新宿御苑の桜の樹《き》の前に立った。まだ肌寒い風の中で、桜はもうほとんど満開に近かった。

風の色 '94

一九九三年、十月二十七日、私は母の骨を食べた。

あの時、どうして私の心にそんな想《おも》いが湧《わ》き起こってきたのか、今も私はうまく説明することができない。「母の骨を食べたい」というその想いは、本当に突然、まったく唐突に私の心に湧き起こってきた。そして私は何のためらいもなくそれを実行した。

晩秋の淡い光の中に、京都独特の凜《りん》とした冷気が漂い始めた頃であった。

重々しい二重の鋼鉄の扉が開いて、平たい長方形の台にのせられた母の白い遺骨が引き出されてきた時、私の心は不思議なほど明るくさわやかだった。まだ熱気の残る遺骨台を前に、斎場の係員が奇妙に明るい調子で骨の説明を始めた。

「ここがいわゆる喉《のど》ぼとけで、仏様の形をした骨があります。この骨をまず壊さないようにうまく骨壺《こつつぼ》に納めてください。あとは皆様それぞれお好きな骨を拾ってお納めくださ い」

遺骨台の上には、まるで珊瑚《さんご》のぬけ殻のように見える白い骨片が、細長く並んでいる。物をはさむにはあまりにも長すぎる白木の箸《はし》が手渡された。たぶん、霊魂の宿る神聖な遺骨から、できるだけ不浄な手を遠ざけておくためなのだろう。私は、喉ぼとけの骨を拾うという儀式を京都で織物業を継いでいる弟に任せ、自分はその白い骨片の群れの中に母の気配を探した。しかし、そこには、この骨の群れがかつて人だったことを思い起こさせる気配はほとんどない。係員のちょっと得意気な解説を聞かない限り、どれがどの部分の骨だったかを類推することさえできなかった。

「母はここにいない」、そう私は確信した。

私は不自由な白木の箸を使うのをやめ、素手でいくつかの骨を拾い、掌《てのひら》にのせてみた。信じられないほどの軽さだった。

「そうか、生命とは重力のことなのかもしれない。肉体が、この地球の見えない重力を引き受けている限り、人は生きている。そして、肉体が、その重力から解き放たれた時、人は死ぬのだ」

そう気づいた時、突然私の心に「この骨を食べたい」という想いが湧き起こってきたのだった。

私は母の死を「のぞみ4号」の車内で知った。博多発午前六時二十分、九時十分に京都から乗り込み、九時四十八分、名古屋駅を発車した直後だった。

その前夜、私は大阪での講演を終えて京都に入り、病院の母の枕辺《まくらべ》で一夜を過ごし、朝交代に来てくれた二弟に母を委《ゆだ》ね、京都駅から「のぞみ4号」に飛び乗ったのだ。この日午後に東京で映画『地球交響曲《ガイアシンフォニー》』のPRを兼ねたラジオ出演があったからだった。列車が名古屋駅を発車してすぐに車内呼び出しのアナウンスがあった。もし、名古屋に着く前にこの知らせが入っていたとしたら、私は間違いなく名古屋で降りて京都に引き返しただろう。名古屋を発車した限り、もはやいやでも東京に着いてしまう。母が「仕事をしていらっしゃい」と言ってくれているんだな、と思い、私はラジオ出演をすませてから、夕刻京都に戻ったのだった。

母が危篤状態に入った、という知らせを聞いてからおよそ二カ月間、私はほとんど週に一、二回のペースで京都の病院に母を訪ねていた。なぜかこの頃から、京都より西の地方で『地球交響曲』の自主上映の回数が急激に増え、講演に招かれることが多くなった。福岡、下関、広島、山口、と招かれるたびに、その帰途、私は京都に立ち寄り、母の枕辺で一夜を過ごし、東京に戻るのが習慣になっていた。おかげで私は、病に苦しみながらも、しだいに肉体の重力から解き放たれていった母の魂の軌跡に、ほんの少し寄り添うことができたように思う。

自然の中で大往生できるごく少数の幸せな人をのぞいて、今の時代は多くの人々が母と同じように、多かれ少なかれ魂が肉体の重力から解き放たれるのに苦しみながらようやく旅立ってゆく。その苦しみは、いったい誰のためにあるのだろうか。旅立ってゆく本人のためだけなら、きっともっと楽に、スムーズに旅立てるはずだ。母の最後の二カ月間の闘病生活に寄り添いながら、私はこの母の苦しみが、歪《ゆが》んでしまっている私たち現代人の生命観を正そうとする、死にゆく者からの愛の証《あかし》であるような気がしていた。

母は、これからも生き続けなければならない私たちに、生命の本当の意味を教えるために、二カ月も苦しみながら肉体の中にとどまっていてくれたのだろう。

母が危篤状態になって以来、私は深夜の老人専門病院で、寝たきりになってしまった大勢のお年寄りたちとともに夜を明かす、という体験をたびたびすることになった。看護婦室にいちばん近い大部屋に母が移されたからだった。

正直に言って、深夜のこの大部屋に漂う壮絶な寂しさに馴《な》れることは本当に難しかった。部屋に収容されている二十一人ほどのお年寄りの大部分は、もはや自分の力では食べることも排泄《はいせつ》することもできなくなった人たちばかりであった。全員が点滴によって栄養補給を受けており、中には呼吸すら自らの力ですることができず、気管から直接酸素吸入を受けている人も何人かいた。その人たち全員が母より前からこの大部屋に収容されており、そして母が逝《い》った日にもまだこの大部屋の中に残っておられた。何本もの管につながれて、ほとんど無意識（のように見える）の内に生き続けているお年寄りたちの姿を見ることだけでも、普段人間のこんな姿を見慣れていない私たちにとっては大きな衝撃である。それは、私たちが普段の生活の中で覆い隠してしまっている現代文明の歪んだ生命観の現われを、否応《いやおう》なく見てしまう衝撃なのだ。

私にとって辛《つら》かったのは深夜の音だった。夜、消灯時間が過ぎると、危篤状態の母の周辺をのぞいて部屋の大部分の電気が消される。すると、部屋の薄暗がりの中から、お年寄りたちの言葉にならないさまざまな声や音が一晩中聴こえてくる。意味不明なうわ言、唸《うな》り声、苦しげな息の音、中でも辛かったのは、気管に絡まった痰《たん》が発する生理的な音であった。その音は私自身の生理を直撃した。自分ではない人の苦しみが自分の苦しみとなって生理的に伝わってくる。呼吸は、それだけ深く生命の源につながっているのだ。呼吸は大宇宙の母とすべての生命をつないでいるへその緒のようなものであり、それだけに、肉体の個別性を越えて、他者の呼吸にも大きな影響を及ぼすのだろう。そんな音の中で、私は幾晩も母の枕辺で過ごした。

私は、決して無理な延命治療を母に施さないよう担当医にお願いしていた。そのため母は最後まで酸素吸入は受けなかった。しかしその分、母は苦しんだと思う。

長年、点滴などの現代治療を受けてきてしまった母の肉体と自然な呼吸能力との間には、もはや修正できないほどのズレが生じていた。衰えてゆく呼吸能力にくらべて、肉体が枯れ切っていなかったのだ。本来なら、呼吸能力の衰えとともに、肉体は自然にその、水の保有能力（重力の保有能力）を失い、枯れてゆくはずだ。そして、肉体が枯れ切った時、魂は自然に肉体から解き放たれ、すなわち重力から解き放たれて旅立ってゆくのだ。それが最も自然な死の姿だ。ところが現代の医療は、呼吸を通して大宇宙の子宮から肉体に注ぎ込まれている見えない生命力の動静をまったく無視して、ただ機械としての肉体に直接水や栄養を注ぎ込んで、肉体だけを生かし続けようとする。そのために肉体と魂の間にズレが生ずるのだ。魂は、呼吸の衰えとともに、すなわち大宇宙の子宮から送られてくる見えない生命エネルギーの減少とともに、旅立つ準備を調え、旅立とうとする。ところが、無理矢理水や栄養を注ぎ込まれた肉体にはまだその準備が調っておらず、旅立とうとする魂を肉体の中に拘束しようとする。それが苦しみを生むのだ。母もその例外ではなかった。

母に付き添っていると、夜中に何度か母が激しく苦しむ時がやってくる。その時の表情は、これがあの母のものかと思うほど、苦悶《くもん》にあふれた怖《おそ》ろしげな般若《はんにゃ》の表情になる。母にこのような苦しみを味わわせた責任の一端は私にもあった。ある程度こうなることがわかっていながら、病院に母を預けるという京都の三弟の選択に私も同意せざるを得なかったからだ。

今、目の前で苦しんでいる母に対して私ができることと言えば、ただ母の手を取り、頰《ほお》に触れ、母の呼吸が少しでも私の呼吸に同調して和らいでくれることを必死で願うだけだった。私は、このような苦しみを背負わせてしまったことを母に詫《わ》び、ただ、肉体の拘束から魂をできるだけ早く解き放ってくれるよう、母に願い続けた。

病院の東側の窓が白み始める頃になると、いつも不思議に母の苦しみは和らぐようだった。早番の看護婦さんたちが出勤し、病院に活気が甦《よみがえ》り始めた時間に、私は三弟にその夜の母の容体を電話で伝え、新幹線に飛び乗って東京に戻る日が続いた。

母の表情が急に安らぎを見せ始めたのは、母が逝った日のちょうど一週間ほど前からだった。二カ月近くも危篤状態が続いたおかげで外国に住む姉や弟も帰国し、私たち八人の兄弟姉妹全員が母の枕辺に立つことができた。

母の表情からあの険しさが消え始めた時、私は母が旅立つ日が近いことを確信した。その日の夜は、前夜に徹夜した弟たちを帰宅させ、私一人が病室に残った。

深夜、廊下を隔てた看護婦室から響いてくる母のパルス音が数秒間途切れることが何度かあった。そのつど私は母の手を握り、母の顔に頰を寄せた。厳格な日本の大家族の長男として育った私には、母に頰を寄せるなどという習慣はまったくなかった。しかし、この二カ月間、私は何のためらいもなく、そうするようになっていた。頰を寄せ、手を握っているとまたパルス音が静かに聴こえ始める。母はもう充分に旅支度を調え、旅立つ瞬間を待っているんだな、と思った。

朝が来て、イタリアから帰国した二弟がやって来た時、私は一瞬迷った。しかし、予定どおり東京に戻ることにした。そう決めた後に心残りはなかった。私はもう一度頬を寄せ、母に礼を言って病院を出た。晩秋の朝の凛とした京の冷気が心地よかった。

ラジオ出演を終えて京都に戻った時、母はすでに花につつまれていた。今まで一度も見たことがないほど美しい顔だった。

私が母の骨を食べたのは、母への心残りがあったからではない。いやむしろ、それがなかったからこそ食べたのだ。

二カ月も苦しみながら肉体の中にとどまり、心残りをすべて解消して旅立ってくれた母の魂に、私は心から「ありがとう」と言いたかった。

だからたぶん、私は母の骨を食べたのだ。

死の峠

一九九四年、半年の間に二度もチベットのダライ・ラマ法王とお目にかかる機会を得た。一度目は二月、チベット暦の正月にチベット亡命政府のあるインド北部のダラムサラを訪れ、今撮影中の『地球交響曲《ガイアシンフォニー》』第二番の出演者として、ダライ・ラマ法王に二回にわたって、きわめて深い精神的なインタビューをさせていただいた。

その時の法王の印象を一言でいうなら、出会った者の魂を一瞬にして癒《いや》してしまう素晴らしい笑顔だった。時にまるでイタズラ小僧のように屈託がなく、それでいて無限の優しさを秘めた笑顔である。法王はいつも人の眼をまっすぐに見て笑われる。その微笑《ほほえ》む法王の眼に見つめられて、ふと気がつくと、私のからだの全細胞が解き放たれて笑っている。真の仏性とは、こんな微笑みのことを言うのだな、とつくづく思った。

この二月のロケでは、チベット密教の正月のさまざまな儀式や伝統行事を撮影した。この時、チベット密教のさまざまな儀式や修行が、単に保存されるべき文化遺産、と言ったものではなく、きわめて高度に洗練された心の科学であり、テクノロジーがこれほどまで進歩した現代にこそ、最も必要な全人類の叡知《えいち》である、と思った。このダラムサラでの撮影の時、今年の七月に、ヒマラヤ山麓《さんろく》の秘境ジスパという村で、チベット密教にとっても、そしてダライ・ラマ法王にとっても最も重要な秘儀の一つ、カーラチャクラ・イニシエーション（通過儀礼）が行われる、という話を聞いた。

カーラチャクラを短く解説するのは不可能に近いが、敢《あ》えて試みるなら、前後十日間にわたって行われるこのイニシエーションを通過することによって、そこに参加した人の魂と肉体が浄化され、そのことによって、その土地とさらにそこから拡がる世界全体が浄化され、平和と安定がもたらされる、というものである。一般的には、美しく精緻《せいち》極まりない砂マンダラが儀式の進行とともにつくられ、終了と同時に壊されて、川、または海に流されることで知られている。

ダライ・ラマ法王は、この秘儀を世界各地の必要な土地で催すことを生涯の使命と考えられており、アメリカやヨーロッパではすでに何度か行われた。しかし、西洋先進諸国で行われるカーラチャクラは、どうしても多少簡略化されている。これに対して今回のように、標高三千メートルを越えるヒマラヤ山麓のチベット密教の聖地で催されるカーラチャクラは、全過程が伝統通りに行われると言う。

二月にダラムサラでこの話を聞いた時、私はどうしても行ってみたい、と思った。しかし、七月には、亡くなったF1のレーサー、アイルトン・セナのロケが入る予定だったし（彼は『地球交響曲』第二番への出演をOKしてくれていた）、ダラムサラよりさらに奥深いヒマラヤの秘境に足を踏み入れるには、どうしても前後二十日以上の日程が必要になる。だから現実には不可能だろう、とあきらめかけていた。

ところが、私がセナと撮影の打ち合わせをした日から二週間後の五月一日のレースで、セナが逝ってしまった。このことは、私にとってとても辛《つら》い試練だったが、そのために七月のスケジュールにぽっかり穴があいた。さらに、二年前『宇宙からの贈りもの』という作品を作った時のスポンサーから突然、〃人は今、どこへ向かおうとしているのか?〃ということをテーマに、作家の池澤夏樹氏と共に二時間のテレビ番組を作ってほしいとの依頼が来た。そう言えば『宇宙からの贈りもの』を作っている時も『地球交響曲』第一番の制作中であった。同時に二つの長編作品を手がけることは、私個人の肉体と精神にとっては大変辛いことになる。しかし、この二つの作品のテーマは深く関わり合っている。一方はテレビ、もう一方は映画というメディアの違いがあり、一方はより科学的視野から、もう一方はより精神的視野からの作品になるにしても、この二つは深く円環している。一方の取材での体験は必ずもう一方の作品の構成に強い影響を与える。そして、この二つの作品の底に流れるテーマは、このエッセイの主題でもある「存在の根源に向けて」――〃人は今どこへ向かおうとしているのか?〃ということではないか。私は池澤夏樹氏に、七月のジスパでのカーラチャクラに行ってダライ・ラマ法王にお会いしてみないか、と提案した。池澤氏の答えはもちろんYESだった。というわけで、まったく期待していなかったジスパ行きが急遽決《きゅうきょ》まったのだった。

ダライ・ラマ法王にお目にかかる旅は、いつも旅の最初からいくつかの見えない関門を通過しなければならないような気がする。二月のダラムサラ行きの時もそうだった。

午前五時にニューデリーのホテルを出発してから数時間、今まで体験したこともないほどの濃い霧に包まれたまま北上することになった。霧というより濃い乳白色の液体の中を突き進んでゆく、と言ったほうが当たっている。ライトを下向きにしてようやく車の先数メートルの道が見える程度で、上向きにしようものなら本当に乳白色の液体の中を浮遊しているという錯覚に陥ってしまう。そんな中をバスの運転手は時速六十キロぐらいのスピードで突っ走るのだ。時折、突然眼前に二つのライトビームが現われ、次の瞬間に轟音《ごうおん》と共に大型トラックがバスの横数センチのあたりをすれ違ってゆく。道は二車線ギリギリぐらいの幅で、もちろん中央分離帯なるものはない。これでは激突したり、横転したりしないほうが不自然だ、とさえ思えてくる。実際、この日、昼すぎになってようやく霧が晴れるまでに少なくとも十台以上の激突・横転事故を見た。こんな風景は、映画か夢の中で観《み》る幻像であって、とても現実のものとは思えない。しかしそれは私が生身の肉体をもって通過したまぎれもない〝現実〟であった。この国の人たちは、自分が生・死を分けるような事故に遇《あ》ってしまうかもしれない、ということをほとんど心配していないように見える。事故に遭ってしまったら、その時初めてその意味を考えるのかもしれない。

この、夢と現実が逆転したような霧の中の旅は、私たちがチベット密教の世界に参入し、ダライ・ラマ法王にお会いするための、最初の通過儀礼《イニシエーション》だったような気がする。

七月のジスパへの旅は、二月のダラムサラへの旅よりさらに過酷な旅になった。
標高三千メートルを越えるヒマラヤ山麓の秘境ジスパに行くためには、途中標高四千二百メートルのロタン峠を越えなければならない。冬の間はこの峠が雪で閉ざされるため、ジスパは完全に孤立した村になる。

午前五時にデリーをバスで発《た》ち、十九時間走り続けて深夜マナリという村で宿をとった。日本で聞いていた予定では、ダライ・ラマ法王は私たちより一日前にこの村を通過されてジスパに向かわれているはずだった。ところが、早朝目覚めてみると、なんとなく村の通りが騒がしい。尋ねてみると、三十分前に法王の一行がこの村を通過された、と言うのだ。どこでどう予定が変更になったのか知る由もない。私は前日の旅で疲れ切っているスタッフを叩《たた》き起こし、いったん降ろしてあった荷物や機材をバスに積み込みガソリンを補給し、法王一行からおよそ二時間遅れて法王の影を追いながら旅することになった。

ロタン峠に近づくにつれて山道はどんどん険しくなってゆく。千メートル近い断崖《だんがい》絶壁にほんの申し訳のように穿《うが》たれた一車線ギリギリの山道をバスは青息吐息で登ってゆく。おまけに雪解け水が滝になって道のところどころに流れ込み、まるで川の中を渡るような場所がいくつもある。こんな場所はいつ崖崩《がけくず》れが起きて道がなくなっても不思議ではない。事実、私たちがジスパに到着してから数日後大きな崖崩れがあって、カーラチャクラが行われている間の数日間、ジスパは完全に孤立した村になっていた。

そんなわけで、四輪駆動のジープで進まれている法王一行との距離はますます拡がり、ジスパ到着までに追いつくことはあり得ないことがはっきりした。しかし、そのおかげで私は旅の先々で、生身の法王の姿ではなく、法王が遺して行かれた祈りの〝気〟みたいなものを撮影することができた。

ロタン峠に到着した時、峠の道からさらに百メートルほど上の崖上に、霧につつまれてたくさんのタルチョ（経文を書いた旗）が風になびいているのが見えた。旅の行程がさらに遅れるのが気にかかったが、私はカメラマンをつれてその崖に登った。

そこは、まさにこの世に存在する死の世界との境界線であるような光景だった。二メートルを越える谷底から、雲とも霧ともつかぬ白い渦巻きが風に乗って次々と吹き上げてくる。その白い風の中で、旅人たちが一枚一枚つないでいったのであろう数千枚のタルチョが激しくはためいている。時折、一瞬生じた雲の裂け目から背後にそびえる六千メートル級の山の頂が見えたかと思うと、次の一瞬には一寸先が見えないほどの真っ白な世界に変わる。ロタン峠のロタンは〝死骸《しがい》〟という意味だそうだ。多くの旅人たちがこの峠を越えられずにここで死に、あるいは死者の肉体がここで鳥たちの餌《えさ》となって大自然の母の下に還《かえ》されたのだろう。

真っ白な霧の中にチロチロと燃える小さな赤い炎のようなものがみえた。近づいてみると、経文が刻まれたマニ石の石組に、緑の杉の枝葉が積み重ねられ、その中で小さな炎が燃えていた。法王が数時間前に法要を営まれた跡であった。

チベット密教の教えでは、死はこの世の終わりではない。永遠の生命が古い衣を一枚脱ぎ捨てただけの話である。輪廻転生《りんねてんしょう》の考え方も、色即是空・空即是色の教えも、ここでは古い宗教観などではなく、科学技術の進歩した今の時代にこそ思い出さねばならない宇宙の真理であることが実感としてわかってくる。私は『地球交響曲』や『宇宙からの贈りもの』の制作を通じて世界の数多くの科学者たちに会い、ますますその確信を深めて来ている。

古代からの宗教の叡知《えいち》と最先端の科学は、今まったく逆方向から同じ答えに向かって急接近しつつある。ダライ・ラマ法王は、そのことをはっきりと意識して教えを説かれている。今回のカーラチャクラへの旅は、私にとって、そのことをさらに深く確信するための旅になるのではないだろうか。標高四千メートルのロタン峠の頂に立ち、渦巻き流れ去る白い霧に包まれながらもしきりにそんなことを想《おも》った。

撮影を終え、峠を立ち去ろうとした時、突然谷底から強い一陣の風が吹き上げて来て、それまで杉の枝葉の中で小さく消え残っていた火が一気にあおられて大きな炎になった。

人影一つ見えない荒涼たる山の頂で、渦巻く白い霧の中に突然立ち上がった紅蓮《ぐれん》の炎、それは、法王が遺《のこ》して行かれた祈りの〝気〟であろうか、それともここに漂っている無数の魂の叫びだろうか。

ここからジスパまでは千メートル近い下りになる。深夜までにはたぶん、キャンプ地にたどりつけるだろう。

「運を天に任せる」という言葉がある。こんな言葉は誰でもが知っている。しかし、真の意味で運を天に任せることができる人がどれほどいるだろうか。特に私たち日本人のように〝高度〟に進歩した技術文明を享受しながら、〝整然〟と制度化された社会秩序の中で生活している者にとっては、この言葉を体感として感じている人はほとんどいない。

多くの人たちは、自分の人生は自分の力で選びとっている、と思っているか、あるいはだれかのせいでこうなっていると思っている。もちろん、生きるということのあるレベルまでは、この思いが間違っているとは言えない。いやむしろ、自分に与えられた人生を自分の努力と誠意で必死に切り開いてゆこうとすることは正しいことだと言うことができる。努力もせず、闘いもせず、ただ〝神様〟に甘えたり、すがったりするよりは、私の人生は私が切り開くという思いで決然と孤独に耐えている人のほうがずっと美しい。

しかし、にもかかわらず、現代の日本のような環境の中に生きていると、どうしても生きていることそれ自体が〝人為〟のなせる業だと無意識の内に思うようになってしまう。真の意味で運を天に任せることができなくなるのだ。別の言い方をするなら、生かされている、ということが実感できなくなるのだ。その点、標高三千メートルを越えるヒマラヤ山麓の苛酷《かこく》な自然の中に生きる人にとっては、まだ生かされている、ということが日々の生活の実感として存在しているようだし、チベット密教の高度に洗練された心の科学も、このような環境の中で練り上げられ、深められて来たのだ、と言うことができる。

カーラチャクラはまさに〝運は天に任されているのだ〟ということを思い出すための教えであり、私たちのジスパへの旅も、その〝運を天に任せる〟という実感から始まったのだ。

色即是空

ヒマラヤ山麓《さんろく》の秘境ジスパに滞在した二週間の間、私は一度も風呂《ふろ》に入らなかったし、シャワーも浴びなかった。

ジスパは、周囲を六千メートル級の峰々に囲まれた谷あいの小さな村。標高三千二百メートル、ふだんの人口二百人足らずのこの村には、もちろん旅人用の宿など一軒もない。この小さな村に、ダライ・ラマ法王の教えを受けるために、ヒマラヤ山麓の各地から三万人近い人々が集まって来るのだ。

カーラチャクラはヒマラヤ地方の仏教徒にとって、それほど重大な儀式なのだ。我々外国からの取材班のためには村の一角に特別のテント村が用意されていた。そこにはからだを洗うための水を溜《た》めた小さなテントが一つ用意されていたが、その水が身を切るように冷たい。ヒマラヤの雪渓から解け出したばかりの水なのだから当然のことである。気温が十度近くに下がる朝夕はとても浴びる気が起きないし、日中は撮影に出ているので無理だった。

そんなわけで二週間からだを洗わなかったのだが、不快感はまったくなかった。それはたぶん、ヒマラヤ独特の乾燥した空気と、そして周囲の峰々から流れ落ちて来る豊かな雪解け水のおかげなのだろう。実際、ふだんは二百人ぐらいの人しか住んでいないこの村に、一時に三万人近い人が押しかけるのだから、その人々が出す排泄物《はいせつぶつ》やゴミによって、このあたりは一気に汚されてもおかしくないはずだ。しかし、滞在中ほとんど汚れを感じなかったのは、余分なゴミをほとんど出さない人々の質素な生活態度と、そして三万人の人々の排泄物を浄化して余りある豊かな水のおかげなのだ。このあたりには計り知れないほど大きな自然の恵みがある。しかしその恵みは同時に人々に計り知れない苦難を与える。

ジスパは降雪が始まる十月頃から、雪解けの始まる翌年の六月頃まで完全に外部世界から孤立した村になる。人々は八カ月近く、深い雪の中で自給自足の生活を続けるのだ。チベット密教の中にあるさまざまな叡知《えいち》は、人間の力をはるかに越えた大自然の営みを身をもって知っている人々によって、千数百年にわたって守り育てられて来たのだ。

カーラチャクラは、数あるチベット密教の秘儀の中で唯一、一般大衆の参加が許されている通過儀礼であり、ダライ・ラマ法王を導師として行われる。これに参加することによって、人々の魂が一段と深く浄化され、それが行われた土地が浄化され、その浄化された〝気〟が拡がって、全世界に調和と安定がもたらされる、と言われている。ダライ・ラマ法王の説法が行われるのは「予備の教え」三日間、中一日の休みをはさんで「カーラチャクラの教え」が三日間と計一週間だが、その前後にさまざまな祭礼や儀式が行われるので、延べ二週間の一大イヴェントになる。

今回のカーラチャクラは、チベット本国以外の聖地で行われる最後のものだと言われていた。本国の聖地では、過去三十年間にわたって中国に占領されているため、一度も行われていないのだ。


今回のカーラチャクラは、ジスパ村の前を流れる川の広大な河川敷を利用して行われた。この儀式のためにカーラチャクラ・パレスと呼ばれる寺院が新たに建てられ、その寺院前の河川敷に三万人近い人々が集まって連日法王の説法を聴くのだ。

法王の説法と儀式は一日四、五時間、寺院のテラスに設けられた法座に座った法王とその左右に並んだ僧侶《そうりょ》たちによって行われる。この間、法王はまったく休むことなく、説法と読経を続けられるのだが、その話の内容は、二十世紀末の今、地球規模で起こっているさまざまな問題を視野に入れたきわめて高度な仏教哲学である。法王はそんな話の内容を、時に冗談を交えながら、わかりやすく、やさしく一般大衆に向かって説かれるのだ。

延べ一週間続けられたこの説法を聞きながら、私はこの話を聴くべきなのは、ここに集まっている人々より、むしろ私たちのように高度に進歩した科学文明、物質文明の恩恵を謳歌《おうか》している者たちではないか、と思った。少なくともここに集まっている人たちは、毎日の生活の中で自然の営みの偉大さと怖《おそ》ろしさを身をもって知っており、母なる星・地球《ガイア》と調和して生きるために、何が一番大切なのかを無意識の内に知っている。カーラチャクラは、その一番大切なものに気づくための儀式であると言ってよい。目に見える価値、物の量に置き換えられる価値とは正反対に思える精神文化の価値、心の営みの価値が説かれるのだ。

科学文明、物質文明に馴《な》れ親しんでしまっている私たちには、どうしても目に見える世界が〝現実〟であり、目に見えない心の営みや精神文化を〝絵空事〟と思ってしまう傾向がある。しかし、カーラチャクラでは、私たちが〝現実〟だと信じているものが、人間の心の在り方が生み出した仮象であり、心の在り方しだいで〝現実〟はいくらでも変化し得ることが説かれるのだ。

私たち日本人は誰でも一度や二度は「色即是空、空即是色」という言葉を聞いたことがあるだろう。私はカーラチャクラの儀式に参加して初めて、この仏教の真理がきわめてわかりやすく、リアルに説かれるのを聞いた。さらに、カーラチャクラのシンボルである砂マンダラをつくられる全過程に立ち会うことができたおかげで、この美しく精緻《せいち》極まりない砂のマンダラこそ、まさに「色即是空」の真理を体現したものであることも理解できた。法王をはじめとする僧侶たちは、一日のうち大衆の前に姿を現わす四、五時間以外に、その倍ほどの時間を寺院内の本堂で、早朝から深夜まで砂マンダラの制作やさまざまな祈りに費やしている。

大衆と接している時間だけでも大変な精神力が必要なのに、それに倍する時間、人からはまったく見えない場所での祈りやマンダラ制作に集中できるエネルギーはいったいどこから来るのだろうか。

非常に高度な精神集中と磨き上げられた手仕事としての技術によってつくり上げられた砂マンダラが、儀式の終了とともにアッという間にただの砂に戻され、ヒマラヤの雪解け水の中に還《かえ》されるのを見ながら、私は目に見える結果や価値だけを追い求める現代文明の〝異常〟さをつくづく思ったのだった。

ジスパに到着した翌日、初めてカーラチャクラ・パレスの中に入った。ここは儀式の期間中は、法王と儀式を進行する僧侶以外立ち入ることを許されない神域となる。一般大衆はもちろんのこと、数千人にのぼると思える一般の僧侶たちも、この中で何が行われているかを見ることさえできない。しかし、最近はカーラチャクラの真の意味をできるだけ正しく世界に伝えたいという法王の意図もあって、少数の許可された者だけが中に入れるようになった。私は今年の二月のダラムサラでの『地球交響曲《ガイアシンフォニー》』第二番の撮影のご縁もあって、中に入ることは許されたのだが、撮影に関しては儀式の内容によって、そのつど諾否が決められるということだった。

パレスの中に入ると、北側の壁には縦横六メートルほどの、男性神と女性神が和合した状態を現わすカーラチャクラ神の巨大なタンカが架けられており、東側の壁には、そのシンボルである砂マンダラの完成図のタンカが架けられていた。チベット密教では、人間の身体そのものが精緻極まりない宇宙の構造をそのまま写した小宇宙であると考えられており、その中でも男性と女性が真に和合した姿、すなわち陰と陽がみごとに調和した状態こそ、宇宙の究極の姿なのだ、と考えられている。

カーラチャクラはそのことを教える儀式でもあるのだ。この二枚のタンカ以外ほとんど何もない本堂の西側に、四本柱に支えられた高さ二・五メートルほどの正方形の木の御堂のようなものがつくられている。その御堂の高さ一メートルほどのところに縦横二メートル四方の磨き上げられた木の床が張られていた。この床の上に砂マンダラがつくられるのだと言う。

儀式の始まっていない今、それはまだただの何でもない一枚の板であり、その場所がカーラチャクラの儀式の間、最も神聖な場所に変わるとはとても想像できなかった。

七月十三日、いよいよ砂マンダラづくりが始まった。

本堂に姿を見せられた法王は待機していた私を目ざとく見つけられ、例のイタズラ小僧のような微笑《ほほえ》みを浮かべてちょっと片手を上げてくださった。法王にお目にかかるのは二月以来、五カ月ぶりのことである。

儀式はまず、砂マンダラをつくる場所を浄《きよ》めることから始まった。一見何もないように見える板の上にもさまざまな波動や邪気が宿っている。その邪気を払い、波動をニュートラルな状態に戻すのだ。そのためだけにまず三時間にも及ぶ祈りが捧《ささ》げられた。地の底から響いて来るような低音の読経の声と太鼓・笛・シンバルの音のバイブレーションによって、御堂の板の上がしだいに透明な空間に変わってゆくのが感じられる。法王の両手には金剛杵《こんごうしょ》と呼ばれる法具が握られていて、読経とともにさまざまな形の印《いん》が空間に切られてゆく。その手の動きは、バリ島の踊りやインド舞踊の手の動きと非常によく似ている。

その動きは、小宇宙としての身体の内部から、意識を通過せず直接生理的に紡ぎ出される自然な動きであり、その場の空間の、もつれ絡み合っている見えない糸（邪気）をゆっくりとほぐし、断ち切ってゆく。法王の手の動きによって、その空間に充満していた見えない邪気が逆に見えるようになり、それがしだいに雲散霧消して透明になってゆくのだ。

手は〝第二の脳〟とも呼ばれているが、身体の内部から自然に紡ぎ出されてくる法王の手の動きは、法王の身体内部（小宇宙）を流れる正しい〝気〟の流れを、外宇宙に放出し、外宇宙の〝気〟を整えてゆくのだろう。

三時間の禊《みそぎ》の祈りが終わった後、法王はその場に立ち会った今回のカーラチャクラの責任者たちに向かって短い法話を説かれた。

「二十一世紀を迎えようとする今の時代は、私たち人類が長い歴史の中で積み重ねて来たさまざまなネガティヴな体験（戦争、飢餓、憎悪、悲しみ）を忘れるのではなく、それをポジティヴなエネルギーに転換してゆく時代なのです。我々仏教徒はそのことにこそ奉仕しなければなりません。今回のカーラチャクラは、そのような想《おも》いを持って取り組んでもらいたい」

電話もテレビもラジオもないヒマラヤ山麓の小さな村で、このようにグローバルな視野に立った祈りの儀式が行われることに私は深い感銘をうけた。

カーラチャクラ・パレスを出ると、村の車一台がぎりぎり通れるほどの細い一本道の左右には、さまざまな露店が立ち並び、トラックの荷台にすし詰めになった人々が次々に到着し始めていた。砂マンダラはいよいよ明日からつくり始められる。

砂マンダラ

ダライ・ラマ法王の教えの中にこんな言葉がある。

「真実とは空《くう》であり、
　空とは満たされていることを意味し、
　自然の一切の法則は空の中にある」

とても難しい言葉のように聴こえるが、私はジスパでのカーラチャクラに参加し、砂マンダラがつくられ、壊されるまでの全過程に立ち会いながら、この言葉の意味が実は、極めてシンプルなわかりやすいことであることに気づいた。

結論を先に言うなら、人間はすべての営みに全身全霊をかけて取り組み、その結果にとらわれない時、真に幸せになれる、ということだろうか。あるいは、真に全身全霊をかけて目の前の出来事に取り組んだ時、自《おの》ずと結果にこだわる心が消え、生きていることの本当の喜びを知ることができる、ということだろう。砂マンダラはそのことを本当にわかりやすく示してくれたのだ。

砂マンダラが持つ深い宗教的な意味をここで詳説することはできない。ただ砂マンダラを一つの美術品として鑑賞したとしても、そのデザインの見事さ、色の配合の美しさ、技術の精緻《せいち》さには深い感銘を受ける。

赤・白・青・緑などに染められた極微の砂粒を金属の細長い管に少しずつ入れ、その管にもう一本の金属の管で微妙な振動を与え、針の先ほどの穴からその振動でこぼれ落ちて来る砂粒によって絵を描くのだ。そこに描かれる絵は数ミリ幅の曲線の複雑な組み合わせでできている。この技術を修練し尽くした僧侶《そうりょ》たちが、七、八人がかりで五日間昼夜を分かたず作業して、直径二メートル近い円形のマンダラをつくりあげるのだ。もし、今の日本人の美術商がこの砂マンダラを手に入れたとするなら、きっと凝固剤でも施して、最高級美術品として、気が遠くなるような値段をつけて売りに出すだろう。砂マンダラはそれほどに美しい。

しかしこの砂マンダラは単なる「美術品」ではない。カーラチャクラの儀式が行われる一週間の間、そこに全宇宙の神々が降臨する神の依代《よりしろ》なのだ。砂マンダラの構図は、見えない全宇宙の構造を具象化したものであり、同時にそのミニチュアである人間の見えない身体を象徴しているとも言う。その細かい模様の一つ一つには、それぞれの場所を司《つかさど》る七百二十二もの神々がいる。その一つ一つの場所に神々を降ろすために、法王と僧侶たちは、それこそ命がけと見えるほどに精神を集中し、長時間にわたって祈りを捧《ささ》げるのだ。

ある日、まだマンダラの設計図が白い線で描かれたばかりの時だったが、一人の僧侶がそっと私に囁《ささや》いてくれた。

「明日の朝、夜明け前にここに来てみなさい、きっと面白いことがあります」

まだ出会って三日目だというのに、僧侶がなぜ私にこのように重要なことを教えてくれたのかよくわからない。このカーラチャクラの儀式に参加する上で、私自身にも何か課せられた使命でもあるのだろうか。

それは、神降ろしの最初の儀式であった。

夜明け前の青い光の中、寺院内にはあのチベット密教独特の超低音の読経が響いている。法王がマンダラの台座のまわりをゆっくりと時計回りに廻《まわ》りながら、東西南北それぞれの方角にひととき留まって、まるでスローモーションの映像をみるようなゆっくりとした仕草で踊りを踊られる。カーラチャクラの儀式の中で法王が〝踊られる〟ことがある、という噂《うわさ》は聞いたことがあった。しかし、写真でも映像でも観《み》たことはなかった。神々に降臨を願う最初の時に、法王は踊られるのだ。

踊り終えると、法王はやおら台座の上にのぼり、描かれたマンダラ設計図の中心に座られた。そこは、全宇宙の中心、大日如来が降臨する場所である。

読経の声が一段と高まった。それから一時間以上、その台座の上での祈りが続けられた。法王はその祈りの中で、自らの身体を清らかな空洞と化し、その身体を通路として、その場所に大日如来の降臨を願われるのだ。

その後、神々を降ろす儀式は延々と三日間続けられた。七百二十二の神々それぞれの名を呼び、すべての神々が描かれてゆく砂マンダラの上に降臨し終えた時、全宇宙を現わす砂マンダラが完成し、その日からカーラチャクラの儀式が始まった。

前にも述べたように、カーラチャクラは、ダライ・ラマ法王を導師として行われるチベット密教独特の通過儀礼《イニシエーション》であり、これを通過することによって、人々の魂が一段階深く浄化され、その土地が浄化され、ひいては世界全体が浄化され調和をとりもどすための儀式である。具体的には、集まった三万人近い大衆に向かって、一日四、五時間、前後六日間にわたって法王が説法をされる。砂マンダラは、その間全宇宙の神々を宿し、参加した人々の魂の浄化を助け、人々を加護するのだ、と言う。

砂マンダラの美しさは、単なる美術品としての視覚的な美しさだけではない。そこには、ふだんから最高度の精神の修練を重ねているダライ・ラマ法王をはじめとするチベット密教の僧侶たちによって、心・魂・祈り、といった、目に見えない精神のエネルギーが最高度に注入されている。さらに、この美しさを生み出しているのは、そんな精神の力だけではない。マンダラのデザインの見事さ、色の配合の美しさは、千年を越える無名の人々の歴史と経験の積み重ねが生んだものである。

さらに、砂という、ある意味で最も不安定な素材を使って数ミリ幅の微妙な線や面を描き出す技術は、血の出るような肉体的訓練の上に成り立っている、ということができる。すなわち、砂マンダラは、人間が持つ全能力、精神の、肉体の、組織の、歴史の、全能力を結集してはじめてそこに現出するものの姿なのだ。だからこそ誰の目にも美しい。

カーラチャクラの儀式がすべて終了し、数万人の人々が帰途につき始めた日の午後、密《ひそ》かに砂マンダラをとり壊す儀式が行われた。あの超低音の読経が響く中、一人の高僧が金《こん》剛杵《ごうしょ》と呼ばれる法具を手に、砂マンダラの正面に立った。高僧は砂マンダラに向かって眼を閉じ、深い祈りを捧げた後、金剛杵を高々とかかげ、気合とともに一気にマンダラの正面から裏正面に向かって亀裂《きれつ》をつくった。その後、この精緻極まりない極彩色の砂マンダラが、元の薄茶色の砂の山と化すのにほとんど時間はいらなかった。四方を囲む僧侶たちの手で一気に攪拌《かくはん》され、みるみる内に元の薄茶色の砂に戻ってゆくマンダラ。私は、あの色とりどりの砂が一気に混ぜ合わされた時、元の自然の砂色に戻ってゆくことに驚いた。僧侶の一人が、その砂をほんの少し薬指の先につけて、私の頭頂につけてくれた。さわやかな風が私の体中を吹き抜けてゆくような気がした。ついさっきまでは美しい砂マンダラの中に降臨していた七百二十二もの神々が、今は見えない風となって私のからだの中を吹き抜けてゆく。その風に煽《あお》られて、私のからだの中に積もっていたさまざまな塵《ちり》が吹き飛ばされ、私のからだそのものが空洞化してゆくような快感を感じる。

色即是空、空即是色

人間が、その持てる精神の力と技術の力を最高度に発揮して、この見える世界に現出せしめた極彩色の美しい砂マンダラ。それを、一気に、なんのためらいもなく、元のなんでもない自然の砂に戻してしまうこの営み。

これこそまさに生命の真の姿ではないのか。全身全霊を尽くして生きるからこそ、その結果にこだわらない心が生まれる。その心が生きることの真の喜び、深い慈悲心、利他心を育《はぐく》む。

集められた砂が、僧侶たちの手で壺に入れられ近くの川に運ばれた。その壺には、七百二十二の神々がすべて砂マンダラに降臨し終えた日、すなわち、カーラチャクラの儀式が始まった日に法王自身が身につけられた帽子と飾り衣装が着せられていた。法王の肉体とこの壺は、モノと肉体という境を越えて同じ価値なのだろう。

標高六千メートルのヒマラヤの峰々から流れ落ちる雪解け水の奔流の前で、ひとときの祈りが捧げられた後、砂はサラサラと、雪解け水の流れの中に還《かえ》された。砂粒はたちまちのうちに奔流の渦と化して、インダス河の奔流に向かって数千キロの旅に出て行った。僧侶たちは流れの水を壺に満たし、寺院に持ちかえり、その水で台座の上にのこっていたマンダラの設計図の白い線を消した。そして、今はもうただの一枚の板に戻ったマンダラの台座の上に、種を宿した白い花ビラと麦が撒《ま》かれて、カーラチャクラのすべての過程が終了した。

ジスパに到着されてから二週間の間、法王は一歩も寺院の外に出られなかった。大衆に説法される一日数時間以外、法王は寺院の中でさまざまな儀式・祈り・瞑想を続けられていた。

説法が終わって、大衆に砂マンダラが公開されたその日、法王は初めて外出された。このジスパ村の土着神を祝福するためだった。その土着神は村はずれの街道沿いにある一本の老木に宿っており、その側《そば》に小さい祠《ほこら》があった。到着された法王は、しばらくその老木をじっと見つめられた後、突然、その側でカメラを構えていた私たちに、例のイタズラ小僧のような微笑《ほほえ》みを浮かべながら声をかけられた。

「ここではない、あっちだ。一緒についてらっしゃい」

法王は私の肩をポンと押して背後の崖《がけ》を登り始められた。数メートル登るとそこに、瑞々《みずみず》しい緑をたたえた一本の若木が生えていた。法王はその若木に向かって祝福の祈りを始められたのだ。この日から村の人々と旅人たちを守る土着神はこの瑞々しい若木に宿ることになった。確かに私が見ても、前の老木はかなり昔に立ち枯れており、村の人々はただ習慣的にそこに神が宿ると思い続けていたのだろう。法王は、これからの時代を生きる若い生命に神の加護を託されたのだ。

千数百年のチベット密教の叡知《えいち》を深く尊びながら、変革が必要な事柄にはなんの躊躇《ちゅうちょ》もなく踏み切られる姿に、私は法王の真骨頂をみたような気がした。

若木に向かって一心に祈られる法王の姿をみながら、ふと見上げると、天空に輝く太陽のまわりに、真円の美しい虹《にじ》がでていた。

あとがきにかえて

道の彼方に

〝ビオン・ザ・ロード〟という言いまわしが英語にあるのかどうか私は知らない。ただ「ビオン・ザ・リーフ～珊瑚礁の彼方に～」という歌のタイトルがあるのだから、まあそれと似た意味だと思ってほしい。

二十五年前、NHKを懲戒免職になった後につくった小さな個人事務所を「オン・ザ・ロード」と名付けた。当時はケルアックの同名の小説のことも、ウィリー・ネルソンのヒットソング「オン・ザ・ロード・アゲイン」のことも知らなかった。この言葉の持つニュアンスを教えてくれたのは、生まれて初めてのアメリカの旅で知り合った友人だった。ちなみに彼は日本人でありながら志願してヴェトナム戦争に参戦し、泥沼のゲリラ戦で地雷に触れ、片眼と片手の指と片足を吹き飛ばされた男である。十代でアメリカに渡った彼がなぜヴェトナムまで翔《と》んでしまったのかを知りたくて、彼の渡米以来の軌跡を溯行《そこう》する旅に出た。二人で深夜のルート5をロスアンゼルスからサンフランシスコに向けて時速二百キロのスピードで疾走している時のことだった。

開け放った窓から少し身を乗り出すと、耳をろうする轟音《ごうおん》とともに、顔や腕の皮膚が一瞬に引き裂かれてゆくようなすさまじい風圧を受ける。

その風圧が正常な身体感覚を一気に奪い去り、死の誘惑にも似た妖《あや》しい快感が全身に走る。人間の〝想像力〟と〝知性〟が生み出した時速二百キロというスピードは、確かに母なる星地球《ガイア》が三十五億年の歳月をかけて作り上げた、人という種の〝からだ〟の設計図からはみ出してしまっている。生身のからだにとって、時速二百キロは〝死〟を意味する。にもかかわらず人はすでに生身のからだを二百キロというスピードに乗せて、生きたまま疾走している。この〝想像力〟と〝からだ〟の乖離《かいり》を人間はどこまで引き受けて生き続けることができるのだろうか。

そんなことを想いながら、フト夜空を見上げた。すると、満天の星空は微動だにしていないではないか。私のからだは時速二百キロのスピードで疾走しているにもかかわらず。私を覆い尽くすように拡がる満天の星空は、まるで宇宙の漆黒のカンバスに描かれた光の点描画のようにピタリと静止して動かない。

砂漠地帯に、ただひたすら真っすぐに引かれた路上の時速二百キロの疾走は、宇宙の運行のスケールからみれば、ただ一瞬の〝静止〟した時の流れにすぎないのだ。

午前三時すぎ、路上の小さなモーテルに宿をとった。眠りに入る前、私はこの夜感じたことを彼に話した。彼は「そんな旅の感覚のことをアメリカでは〝オン・ザ・ロード〟って言うんだよ」と低く呟《つぶや》いた。うす暗いベッドライトの下で義足をはずし、片眼を取り出して眠りについた彼のからだは、昼間の半分の大きさになっていた。

「目的地がはっきりと見えているから旅に出るのではなく、まず旅に出て、その旅の一瞬一瞬をいかに旅するかによって、ほんとうの旅の目的地が見えてくる」、そんな感覚のことを〝オン・ザ・ロード〟という。

NHKを辞め、三歳になったばかりの息子とその母とも別れ、三畳間の学生下宿で一人住まいを始めていた当時の私にとって〝オン・ザ・ロード〟は生きてゆく体感そのものだった。だから、小さな個人事務所に「オン・ザ・ロード」という名を付けた。

それから既に二十数年が過ぎ、フト気が付くと私も六十歳、還暦、二十世紀の境界線に立っている。この二十数年間に様々な映像作品をつくった。ドラマ、コマーシャル、ドキュメンタリー……これらの作品の多くは放送局やスポンサーの依頼によるものだが、その全ての作品の中に〝オン・ザ・ロード〟の体感があったと思う。

初めに確固たるテーマがあって、そこから作品づくりのプロセスが生まれるのではなく、初めは茫漠《ぼうばく》としたヴィジョンがあるだけで、そのヴィジョンに向かってとりあえず歩み始めた時、その歩みのプロセスの中からテーマが生まれてくる。これが私の映像づくりの基本姿勢だ。いや、映像づくりの姿勢というより、それは私の生きてゆく上でのゆるぎない体感であったが故に、どんな状況下の作品づくりでも変わることがなかったのだろう。そして、その生き方の延長線上に、自然発生的に映画「地球交響曲《ガイアシンフォニー》」が生まれた。二十世紀末の十年間に、第一番、第二番、第三番、と三本の映画ができた。この十年間は、文字通り時速二百キロの疾走であったような気がする。ものすごい風圧に皮膚が破れそうになり、〝死〟の誘惑も何度かあった。第三番の撮影開始直前に出演者である星野道夫を失った時、私はさらにアクセルを踏み込んだような気がする。

　そのスピードの先で何が起きるのかは、もはや大した問題ではなくなっていた。それでも映画は完成した。車は生身の私を乗せたまま走り続けていた。フト夜空を見上げた。そこには二十数年前のあの夜と同じように微動だにしない満天の星空があった。その時〝ビオン・ザ・ロード〟という言葉が浮かんだ。〝道の彼方に〟。

　私はこの春、二十数年間の拠点であった「オン・ザ・ロード」を去り、一人になった。七月からは、観客の一人ひとりがスポンサーになるひとコマスポンサー運動に依《よ》って、「地球交響曲《ガイアシンフォニー》」第四番を撮り始めた。この先の道がまだ真っすぐ続いているのか、急激に曲がってゆくのか私は知らない。ただ、道の彼方になにがあるかは見えている。二十一世紀に生まれ育つ子供たちの笑顔だ。

解説

野中ともよ

この小柄な身体のどこに、そんなエネルギーが蓄えられているのだろう？　お会いするたびに、いつも思う。

地球というステージの、どんなに高く、どんなに深く、どんなに遠いところへでも、自分を連れていく。

『何か』、を感じると『何か』に直《じか》に出会い、触れ、嗅《か》ぎ、自分という肉体と、精神と、そして魂との交感をしないと気がすまない。そんな、こまった性格でいらっしゃる。

でも、私たちは龍村さんの、そんなこまった性格のおかげで、こんなにたくさんの歓《よろこ》びをいただくことが出来ている。

『ディテイルに神宿る』という言葉がある。

実際、私たちのまわりには、あり余るほどのモノたちがある。自然の生みだしたものであれ、人工物であれ、声高に主張するモノたちの姿は、人の目をひく。

でも、多くの場合、心はひかれない。

真実《ほんとう》を内に秘め、ひっそりと佇《たたず》むモノたちの声は、時に細く、小さい。だから、そこへ近付いて、耳を三つも四つも重ねて、耳をかたむけないとその声は聞こえてこない。だから、きっと『ささやき』というのは『囁き』と書くのだろうと思う。

龍村さんは、全身で、この地球の囁きを聴くことのできる人類である。いや、宇宙人、と呼んでもいいかもしれない。いえ、むしろ仙人、いえ、僧侶、ウーン、一休さんの生まれかわり……。

『地球交響曲《ガイアシンフォニー》』の第四番を撮影しはじめた今日この頃は、特に、その僧侶的な趣きに磨きがかかりはじめたような気がして仕方がない。

ご本人にそう申し上げたら「単に、沖縄のロケで黒光りしているだけでしょ（笑）。でもね、またまた、この四番でも教えられることばかり。凄《すご》い取材が出来てますよ」と言って、例の、トロケるような微笑《ほほえ》みを返して下さった。

実は、この笑顔に初めて出会ったのは、遥《はる》か四半世紀近くもむかしのことになる。

僧侶どころか、当時の仁さん（と、学生たちは呼ばせていただいていた）は、バリバリの革ジャンに、ジーンズ。サングラスもド真黒。で、時折頭の上にカケて、眼光も鋭し。とにかく、鋭く尖《とが》った方《かた》だった。

当方は、ジャーナリストを目指す学部の学生。世の中に起こるよしなし事の全てを吸収しようとする仲間といた。

燦然《さんぜん》と輝く天下のNHKで、どうも表現の自由と、報道人の義務と権利についての重大問題が起きているらしい。一人のディレクターが、NHKの組織としての権力と圧力に対して戦っているようだ！　というわけで、局前の玄関でのビラ配りや、実際に問題になった作品をキャンパスで上映し、講演会を開いて議論を盛り上げ支援しよう、などという行動にでたのである。

それが、件《くだん》の龍村仁氏のNHK『キャロル』事件だった。

ちょっと猫背でジーンズのポケットに手をつっこんで歩くカタチは今も変わらないが、当時は、なんとも鋭角で、少し恐かった。こちらは、熱い憶《おも》いを語り合う男子学生とのやりとりを、裏方として、まだ寡黙にみつめる女子大生であった。因《ちな》みに、仁さんは、そんな女子学生を全く覚えていらっしゃらなかった。トホホ（笑）。

天下のNHKであろうと、いえ、天下の、という枕詞《まくらことば》がつけばつくほどに、その権威や権力をカサに着る、という体制に対して、恐れずに戦った。結果は、懲戒免職。でも、学生たちには、大変な勇気を与えて下さったと思う。

どんな状況であっても、怯《ひる》むことなく己《おの》れを主張すること。また、主張出来る、自分だけの表現方法も、きちんと身に付けておかねばいけない、などなど。

思えばあの頃の仁さんは、京都大学ラグビー部のフットワークとマインドで突走っていらしたのかもしれない。ちなみに、僧侶の気配はまだ、微塵《みじん》もアリマセンデシタ。

でも、不思議です。その寡黙だった学生は、大学院を経て、NHKでの仕事をするようになるのですから。

『ご嚥《えん》は、ご縁《えん》』、嚥というのは飲み下す、という意味です。人と人は、何であれ、その状況や事態に誠実に対処して、それを自分のものとして理解し吸収していこうとすれば、そこには自ずと、ご縁の輪が広がっていくものなの。

大昔に、祖母から教わった祖母流のことわざことばです。

仁さん事件で体感したNHKというものを、私なりにチャレンジするとどうなるのか。そんな思いが少しはあったからかもしれません。

それからは、もっぱら『地球交響曲』の美しく、心にせまる旋律を世に送り続けて下さる仁さんに、小さなホールの片すみから拍手を送り続けるファンの一人でした。

そして、そのご縁が一斉に輪を紡ぎはじめるのが「いのちの響――生命交響楽」という番組へのご依頼をいただいた年でした。

バリバリのキャリア・ウーマン（本人には全くその自覚はなかったのですが）にカンマ。結婚、出産、子育て。再び仕事、流産、カンマ。学生時代から、環境問題や自然破壊の問題などには積極的に考えたり行動したりする方ではありました。でも、そんなのは、首の上で考えていただけのこと。子どもの命を授けていただいて、また、仕事を優先したために流産をしてしまった小さな命のことなどあって、心底、『いのち』のことについて考えさせられていた時期でした。

「あなたの弟は、お空のお星さまになったのよ」、小さな娘に、そう語りながら、絶対天文学者になりたい、と空ばかり見ていた小学生の頃の夢を思い出した頃でもありました。

「お食事のときにいただきます、と言うのは、感謝のごあいさつなの。あなたの目の前にある、お魚さんもお野菜もお米も、みいんな生きていたの。だけど、ともよちゃんのいのちのために、どうぞ僕たちのいのちを食べて下さいって来て下さったの。だからみいんなに、どうも有難うあなたの命をいただきますっていう意味のごあいさつなのよ」、大好きな祖母の教えてくれたあれこれを、今度は子育てをする側になって、かみしめていた頃でもありました。

「腐ってくれるパンが嬉《うれ》しい」、高度経済成長の下で、効率と生産性と合理性にカタメられた食生活や社会の様々を憂う、母親のそんな小さな呟《つぶや》きを、仁さんのアンテナは、どこかで聞きつけて下さったのでしょう。

飲み込んでいたご嘶は、ご縁の磁場を全開にしていきます。

それからは、この『地球《ガイア》のささやき』で、仁さんが体験されたような、あらかじめ決められていたとしか表現のしようのない出会いが、次々に、起こり、今も、その輪は広がるばかりです。

尖った鋭角の仁さんは、すっかり太くまあるくなっていらっしゃいました。もちろん、目の奥の鋭さは全く変わりませんが。

やっぱり、お人との出会いにはタイミングがあるようです。あの頃の仁さんと、もし深く関わらせていただいていたら、どこかで、パリンと割れてしまったかもしれないな、とも思います。

地球を、ガイアととらえるためには、その心に宇宙全体をとらえる目がなければなりません。

でも、同時に、マンダラを描く砂ひと粒に憶いを寄せるミクロの繊細さも持ち合わせなければ、その囁きに耳を傾けることは出来ません。

カラのからだに、想いをこめて、気を交信し、肉体の内なる自然を、外なる自然と合しつつ、一人ではない我々を自覚する。そして、なお神の罠にも手を染めて、自身と語り、見えない世界を憶いながら、広がる宇宙に思いを馳《は》せる。

大都会の真ん中で、自転車のペダルをふみながら、また、沖縄の離島の岸壁に立ちながら、一刻一刻の時に、仁さんは、こんな営みを全身で、平気な顔をしてやっている。

二十世紀をしめくくる、最後の年に、この『地球のささやき』が文庫になってくれたのが、とても嬉しい。

これで、どこへ行く時もポケットにつっこめるから。もう何度読んだかわからないけれど、まだ、何度も読みたいと思う本だから。

インターネットが、地球を覆う二十一世紀に、我等が仁さんは、あらたにどんなメッセージを私たちに届けて下さるのだろうか。

強く『想う』心と『気』を、ネットワークして、目に見えるコミュニティー創りにまで広げることの出来る時代だからこそ、ますますの仁さんパワーが必要なのだと思う。

還暦というひと巡りを越えて、僧侶の趣きの中でまた、清々《すがすが》しい若さと好奇心の核を、めらめらと燃やしていただきたい。

（ジャーナリスト）

本書は一九九五年三月、創元社から刊行された単行本を再構成し、文庫化したものです。文庫化にあたり、日本信販ゴールドカード会員誌『アルスール』一九九八年夏号掲載の「地球交響曲《ガイアシンフォニー》のエチュード」、木楽舎刊『ソトコト』二〇〇〇年八月号掲載の「道の彼方に」を加えました。

写真／相原正明（六一、一〇三、一五九ページ）
世界文化フォト（一五、二一五ページ）

地球《ガイア》のささやき

龍村《たつむら》仁《じん》

平成12年 10月25日　初版発行
令和7年 6月20日　16版発行

発行者●山下直久

発行●株式会社KADOKAWA
〒102-8177　東京都千代田区富士見2-13-3
電話　0570-002-301（ナビダイヤル）

角川文庫 11712

印刷所●株式会社KADOKAWA
製本所●株式会社KADOKAWA

表紙画●和田三造

ISBN978-4-04-355801-8　C0195

角川文庫発刊に際して

角川源義

第二次世界大戦の敗北は、軍事力の敗北であった以上に、私たちの若い文化力の敗退であった。私たちの文化が戦争に対して如何に無力であり、単なるあだ花に過ぎなかったかを、私たちは身を以て体験し痛感した。西洋近代文化の摂取にとって、明治以後八十年の歳月は決して短かすぎたとは言えない。にもかかわらず、近代文化の伝統を確立し、自由な批判と柔軟な良識に富む文化層として自らを形成することに私たちは失敗して来た。そしてこれは、各層への文化の普及滲透を任務とする出版人の責任でもあった。

一九四五年以来、私たちは再び振出しに戻り、第一歩から踏み出すことを余儀なくされた。これは大きな不幸ではあるが、反面、これまでの混沌・未熟・歪曲の中にあった我が国の文化に秩序と確たる基礎を齎らすためには絶好の機会でもある。角川書店は、このような祖国の文化的危機にあたり、微力をも顧みず再建の礎石たるべき抱負と決意とをもって出発したが、ここに創立以来の念願を果すべく角川文庫を発刊する。これまで刊行されたあらゆる全集叢書文庫類の長所と短所とを検討し、古今東西の不朽の典籍を、良心的編集のもとに、廉価に、そして書架にふさわしい美本として、多くのひとびとに提供しようとする。しかし私たちは徒らに百科全書的な知識のジレッタントを作ることを目的とせず、あくまで祖国の文化に秩序と再建への道を示し、この文庫を角川書店の栄ある事業として、今後永久に継続発展せしめ、学芸と教養との殿堂として大成せんことを期したい。多くの読書子の愛情ある忠言と支持とによって、この希望と抱負とを完遂せしめられんことを願う。

一九四九年五月三日

角川ソフィア文庫

魂の旅 地球交響曲《ガイアシンフォニー》第三番

龍村 仁

『地球交響曲《ガイアシンフォニー》第三番』撮影開始直前、新しい神話を探す旅に出る約束をした出演予定者、星野道夫の訃報が届く。「見えない星野を撮る」と決め、アラスカ、ハワイ、北海道へとワタリガラス神話に導かれて旅をする龍村は、星野の運命的友人達と出会う。神話の語り部ボブ・サム、宇宙物理学の巨星フリーマン・ダイソン、古代カヌーで五千キロ航海を成し遂げたナイノア・トンプソン。数々の偶然の一致《シンクロニシティー》が告げる「大いなる命の繋がり」とは。